KB130358

섬김·소통·공감

김태춘의 보물찾기

김태춘 지음

김태춘의 보물찾기

초판 1쇄 발행 2022년 2월 19일

지 은 이 김태춘
발 행 인 권선복
편　　집 한영미
디 자 인 서보미
전 자 책 오지영
발 행 처 도서출판 행복에너지
출판등록 제315-2011-000035호
주　　소 (157-010) 서울특별시 강서구 화곡로 232
전　　화 0505-613-6133
팩　　스 0303-0799-1560
홈페이지 www.happybook.or.kr
이 메 일 ksbdata@daum.net

값 20,000 원
ISBN 979-11-5602-965-6 (03810)

섬김·소통·공감 …

김태춘의 보물찾기

김태춘 지음

발로 뛰고 가슴으로 일한다!
짱짱한 내공과 불타는 열정으로
오늘도 준비합니다

38년 공직생활, 공무원의 귀감인
성실한 사람 김태춘의 이야기!

지금 우리나라는 국가적으로 큰 위기를 경험하고 있는 중이다. 특히 우리 한국은 그동안 외세의 침략, 한국전쟁, IMF 외환위기 등 여러 내우외환을 경험하면서 수많은 사람들이 나라를 위해 그리고 생존을 위해 처절한 투쟁을 하며 위기를 극복해 왔다. 그리고 안타깝게도 지금 이 시간 역시 코로나-19(COVID-19)라는 복병을 만나 다시 한번 장애물을 뛰어넘기 위해 분투를 해야 할 상황에 처해 있다. 국가적 재난의 시기에 어떻게 저력을 발휘해야 할지 귀추가 주목되는 순간이다.

흙수저로 태어나 여러 위기 속에서 힘겨운 삶을 살아왔다. 그야말로 배가 고파서 수돗물로 배를 채웠던 기억을 갖고 있는 보릿고개 세대이다. 아마도 적지 않은 이들이 나와 같은 경험을 하였을 것이다. 그러나 지나고 보니 모든 것이 그립고 또 아쉽다. 과거를 더듬어 보면 좋았던 때도 있었고 힘들었던 때도 있었다. 지금에는 그 모든 게 인생에 대한 교훈을 주는 추억임을 알게 되었다. 그래서 이쯤에서 인생 60년을 뒤돌아보며 반면교사 삼고 또 앞으로 어떻게 살아가야 의미가 있을지를 한 권의 책으로 정리하길 희망해왔다.

사람은 누구나 태어나서 성장기와 학창시절을 거쳐 사회생활을 하게 되고 또 은퇴한다. 과정에 차이는 있겠지만 공통적으로 그러하다. 내가 속한 5060 세대는 유년 시절 가난과 굶주림을 경험하긴 했으나 청년기 이후에는 지속적인 고도성장의 열매로 인해 사회 전반에 걸쳐 상향 이동함으로써 부모세대보다 잘살게 된 행운을 누린 세대다. 시대가 준 이득을 본 세대인 것이다. 그래서, 현재 변화의 주역인 2030 세대, 노령층에 접어들면서 직장과 사회, 심지어 가정에서마저 소외되고 외면된 5060 세대, 그리고 중간에 낀 40대와 아예 잊혀져버린 7080 세대 등 세대 간의 복잡다기한 갈등이 더해져 점점 더 비틀려서 꼬여가는 현 우리나라 사회에서 5060 세대야말로 적지 않은 역할을 해야 한다고 생각한다.

그럼 난 어떤 역할을 했을까. 돌이켜보니 이제 7부 능선을 막 넘은 듯하다. 서울특별시교육청에서 근무하는 동안 유아교육기관 확충사업과 학생수용계획 업무에 참여했고 또 초중등학교 신설업무를 담당했다. 소중한 새싹 같은 어린이들이 모두 걱정 없이 유치원에 다니는 모습을 보면 마음이 흐뭇하다. 또한 과밀학급 해소를 위한 학교 신설은 2부제 수업을 완전히 사라지게 하였기에 이로 인해 학생들이 쾌적한 환경에서 공부하는 모습을 보면 미소가 떠오르는 것을 감출 수 없다.

뿐인가. 지난 31년 동안 교육부에서 서울대학교 교육발전을 위해 기획된 사업에 참여하는 행운을 얻었다. 실험실습실 환경개선, 강의실 환경개선, 관악캠퍼스, 광교테크노밸리, 평창캠퍼스, 시흥캠퍼스 조성과 학생지도 업무 등 눈부신 지원 속에 구성원들의 노력이 모아져 현재 서울대학교가 세계적 수준의 대학으로 자리매김하는 데 일조하였으니 몹시 뿌듯하다.

또 지식경제부(현 산업통상자원부)에서는 교육연구특구 사업을 추진하면서 신기술사업화(벤처기업육성) 업무, 즉 우리나라의 벤처기업 육성을 정책적으로 지원하였다. 미력하나마 국가 발전을 위해 일할 수 있어서 운이 좋은 사람이었다.

지금도 내 안의 열정의 촛불은 꺼지지 않았다. 다행스럽게도 다시 한번 일할 수 있는 기회를 얻고 있고 그 역할을 다하고 싶다. 내가 살고 있는 의왕시는 도농복합도시라는 특성을 갖고 있는데 어렸을 때 시골에서 성장기를 보내서인지 지금 의왕시에서의 생활이 무척 좋다. 특히 난 항상 수구초심이라는 단어가 마음속에 있는데 이러한 갈증을 해결해 주는 곳 역시 의왕시이다. 그렇기에 의왕이라는 지역사회에 봉사하고 싶다. 특히 의왕시를 교육특구도시, 경제도시, 복지도시, 미래현대도시, 아름다운 체육·문화도시로 가꾸고 싶은 욕망이 강하다. 우보만리(牛步萬里)와 진인사대천명(盡人事待天命)의 정신으로 지금까지 살아온 지금, 한결같은 마음으로 이제 인생에서 마지막 도전을 하고자 하는 것이다.

세월은 나에게 지혜와 용기를 주었다. 살아오면서 고비도 있었지만 그 모든 것이 나를 더 단단하게 키워준 뒷받침이 되었다. 앞으로 내게 남은 삶 역시 꾸준히 가꾸어서 후회 없는 인생을 살고 싶다. 이는 나 혼자만의 일신을 위한 것이 아니라 나를 둘러싼 주위 모든 소중한 사람들, 환경에 적극 기여하고 싶은 마음에서 비롯되는 신념이다.

이 책을 통해 그러한 내 마음이 잘 전달되기를 바란다. 진심을 다하면 전해진다고, 부디 소중한 열정이 독자 여러분에게도 위기의 현 상황을 타개할 수 있는 힘이 되었으면 좋겠다.

끝으로 이 책이 나오기까지 집필에 도움을 주신 분들, 출판을 위해 수고해 준 도서출판 행복에너지 권선복 대표에게 감사를 전한다.

2022년 02월

의왕에서 김 태 춘

김태춘이 지나온 여러 해 계절들

약력

1981년 7월 전라북도교육청(교육위원회) 공무원(9급) 임용

1983년 8월 서울특별시교육청(교육위원회)으로 전보 발령

1986년 2월 교육부 서울대학교로 전보 발령

2011년 7월 산업통상자원부(지식경제부) 전보 발령(파견)

2011년 12월 교육부 서울대학교로 전보 발령

2019년 6월 교육부 소속 서울대학교에서 정책관(2급)으로 퇴직

2019년 9월 건양대학교 사회복지학과 대우교수 임용

2019년 9월 성결대학교 사회복지학과 강사(교원) 임용

전

의왕시 미래위원회 위원

의왕시 생활SOC자문단 위원

안양시노인종합복지관 운영위원(부위원장)

국립 서울대학교 체육진흥위원회 위원

의왕시 내손2동 주민자치위원회 위원(감사)

현

계원예술대학교 대학평의원회 평의원(의왕시 지역 대표)

(사)대한노인회 정책위원

국민의힘 경기도당 대변인

국민의힘 의왕·과천당원협의회 부위원장

국민의힘 서울특별시당 교육위원회 부위원장

국민의힘 윤석열 대통령예비후보 국민통합특보

제20대 대통령선거 국민의힘 중앙선거대책본부
조직본부 의왕시조직특별위원장

충청향우회중앙회 부총재

의왕시충청향우회 회장

의왕시지속가능발전협의회 도시경제분과 위원 및 정책팀장

의왕시 내손2동체육회 자문위원

의왕시 내손1동방위협의회 위원

상훈

2020년 대전광역시 시장 표창

2019년 서울대학교총장 표창

2012년 대통령 표창

2009년 국무총리 표창

2005년 부총리 겸 교육인적자원부장관 표창

1960년, 충청남도의 알프스라 불리는 청양에서 태어나 공주에서 성장기를 보냈다. 이후 상경해 홍익대학교 상경대학 경영학과를 졸업하였으며, 연세대학교 행정대학원에서 사회복지학 석사과정을, 성결대학교 일반대학원에서 사회복지학 박사과정을 밟았다. 그리고 서울대학교 사범대학에서 대학행정핵심리더과정을 수료했다.

전라북도교육청, 서울특별시교육청, 그리고 지식경제부(현, 산업통상자원부)에서 근무했고 서울대학교 정책관을 지내며 38년간 공직에 근무했다. 이후 건양대학교 교수 및 성결대학교 강사(교원)등으로 후학양성을 위해 교편을 잡았다.

사람과 사람 사이의 관계를 중요하게 여기고 정이 많은 편이어서 배우고 일해온 것들을 토대로 지역사회에서도 꾸준히 활동했다. 안양시노인종합복지관 운영위 부위원장, 의왕시 미래위원회 위원, 의왕시 지속가능발전협의회 정책팀장, 의왕시소상공인연합회 정회원, 주민자치위원회 감사, 체육회 자문위원, 대한적십자봉사단, 방위협의회 위원 등을 역임했고 장애인복지를 위해 꾸준히 노력해 왔다.

현재 계원예술대학교 대학평의원회 평의원, 대한노인회 정책위원, 국민의힘 의왕·과천당원협의회 부위원장, 서울특별시당 교육위원회 부위원장, 경기도당 대변인, 제20대 대통령선거 국민의힘 중앙선거대책본부 조직본부 의왕시 조직특별위원장과 함께, 충청향우회중앙회 부총재 겸 의왕시충청향우회 회장, 의왕시 미래위원회 위원(전반기)으로서 교육, 문화, 체육, 도서관을 담당하고, 의왕시 지속가능발전협의회 사회정책팀장과 도시경제분과 위원으로 활동하고 있다.

이렇게 여기저기 발자국을 남겨놓았듯 앞으로도 세상을 따뜻하게 하는 봄내음 나는 발자국을 더 많이 남기고 싶다.

유능함과 따뜻함을 동시에 갖춘, 나의 오른팔!

이미나

서울대학교 명예교수
하버드대학교 교육학 박사
(전) 서울대 학생처장

김태춘 교수의 책을 읽는 동안, 나는 한 편의 드라마 같은 저자의 삶 속에 빠져들어 갔다. 그에 대한 나의 추억도 살아 숨쉬기 시작하였다.

나는 2002년부터 4년간 학생부처장과 학생처장직을 맡고 있었다. 많은 사람들이 짐작하듯이 당시 서울대 학생처에서 학생지도 업무를 담당한다는 것은 매우 힘든 일이었다. 교수와 학부, 대학원생 약 3만 명을 대상으로 업무를 하되, 총학생회 등 소위 운동권 학생들을 대상으로 하는 일도 해야 했기 때문이다. 김 박사는 학생처에서 근무하면서 그 학생들을 진심으로 아끼고 돌봐 주었다. 퇴근 후까지도 그들의 일이라면 발 벗고 나섰다. 그들의 어려운 삶에서 비롯되는 세세한 이야기를 경청하여 주었다. 김 박사는 학생들을 섬김의 리더십으로 대하고 있었던 것이다. 지도대상 학생들에 대한 그의 세심하고 예리한 분석과 따뜻한 통찰은 나의 업무에 커다란 지침목이 되었다. 자연스럽게 그는 나의 '오른팔'이 되고 있었다.

내가 김태춘 교수와 일하면서 기억에 남는 일은 셀 수도 없다. 그 가운데 서울대의 역사를 바꾼 '최초'의 사건들이 유독 머릿속에서 두드러진다. 서울대학교 최초로 총장과의 공개대화를 진행하여 학교와 학생과의 신뢰를 구축했던 일; 역시 서울대 최초로, 대학생 봉사활동 교과목을 신설해서, 교과목으로 제도화한 일; 그 결과 국내외를 막론하고 서울대생들의 봉사활동이 매우 활성화되는 데 초석이 된 점; 그 밖에 MBC방송국에서 주최하는 대학가요제를 엄숙주의의 최고봉인 서울대학교 안으로 가지고 들어온 충격적(?)인 사건도 있었다.

그가 위에서 열거한 일들을 성사시키는 과정에서, 개발하고 발전시킨 의사소통능력, 학생들을 동참시켜 나가던 협상력, 참기 어려운 난관을 뚫고 나가던 추진력·책임의식과 성실함 등을 나는 아직도 생생하게 기억하고 있다. 이러한 재산은 이후 그가 서울대학교의 여러 부서에서 일할 때나, 국회·지식경제부·교육부 등에서 일할 때도 똑같이, 아니 그 이상으로 발휘되어 지금까지도 그를 버티게 해주는 기둥이 되고 있다.

그는 '따뜻한 가슴'도 갖고 있다. 증거가 있다. 학창시절부터 10여 년간을 병드신 아버지와 어머니의 건강을 돌보는 효자였다. 그는 조직장악력, 창의적 기획력, 열정 어린 추진력의 삼박자 역량을 갖추었고; 업무수행을 위하여 교육, 복지, 도시정책 분야의 업무수행에 필요한 해박한 전문지식을 소지하였으며; 업무대상인 의왕시민들을 사랑으로 섬기는 따뜻한 가슴을 갖추었다. 그러니 그는 의왕시장이 되기 위한 실질적 자질을 고루 갖고 있다.

나는 확신한다. 그는 의왕을 '교육특구도시', '경제도시', '복지도시', '미래현대도시', '아름다운 체육·문화도시'로 만드는 데 대단히 유능한 인물이다. 그리고 '교육받는 사람', '경제활동을 하는 인간', '복지의 수혜자', '미래를 대비할 사람들', '체육과 문화 활동을 하는 시민들'의 구체적 모습을 따뜻한 시각으로 느끼며, 정책을 수립하고 집행할 사랑이 넘치는 인간이다. 능력과 온정을 다 갖춘, 보기 힘든 인물, 김태춘 교수님! 반드시 의왕시장이 되셔서, 의왕시민의 행복에 공헌하려는 원대한 꿈을 실현하셔야만 합니다!!!

서울대의 기획전문가 김태춘 실장

이봉주

서울대학교 사회복지학과 교수
한국사회복지교육협의회 회장
(전) 서울대학교 사회과학대학 학장

내가 김태춘 실장을 만나게 된 것은 2018년에 서울대학교 사회과학대학 학장을 맡고서이다. 김태춘 실장은 서울대학교 내에서 여러 보직을 거치고 38년 공직 생활을 사회과학대학 행정실장(정책관 2급)으로 마무리하였다. 사회과학대학은 8개의 학과·부가 있는 서울대의 대표 단과대학이다. 교수의 수만 150명에 이르고 학부와 대학원생을 포함해서 학생 수는 약 3,000명에 달한다. 가지 많은 나무에 바람 잘 날 없다고 했던가? 더군다나 사회대의 교수들이나 학생들은 모두 '대가 세기로' 유명하다. 그런 단과대학의 행정실을 총괄한다는 것은 정말 어려운 일이다. 하지만 김태춘 실장은 그런 '험한(!)' 일을 소리소문 없이 훌륭하게 해냈다.

내가 경험한 김태춘 실장의 역량은 크게 리더십, 기획력, 그리고 추진력으로 요약할 수 있다. 김태춘 실장의 리더십은 섬기는 리더십으로 정의될 수 있을 것 같다. 군림하거나 지시하는 스타일이 아니라 직원들을 동기부여하고 협력하는 체계를 조성해서 일을 해나가는 모습을 보며 타고난 리더라고 생각했던 것이 한두 번이 아니다. 김태춘 실장은 서울대 내에서 자타가 공인하는 대표적인 기획통이다. 공과대학교 자동화시스템공동연구소 설립, 외국인학생기숙사 신축사업, 연구개발특구기획단 사업, 캠퍼스 조성 등에서 핵심적인 임무를 수행하며 기획 능력을 유감없이 발휘한 것이다. 김태춘 실장은 단순히 기획하는 것으로 끝나는 것이 아니라 장애를 돌파해서 사업을 성공적으로 이끄는 추진력으로도 유명하다. 대표적인 예가 서울대학교 대외협력팀장을 맡아서 교육부, 기획재정부, 국회 등에서 마당발로 통하며 서울대학교의 숙원사업들의 물꼬를 튼 것이다.

김태춘 실장이 명예퇴직 후에도 그런 역량을 국가와 지역발전에 활용할 수 있는 기회가 있었으면 좋겠다는 생각 중이었는데, 마침 반가운 소식을 들었다. 김태춘 실장이 의왕시장에 도전한다는 것이다. 쌍수를 들어 환영하는 바이다.

김태춘 미래 시장의 공약을 살펴본다. 의왕을 '교육특구도시', '경제도시', '복지도시', 미래현대도시', '아름다운 체육·문화도시'로 만든다는 것이다. 교육행정 전문가이며 사회복지학 박사로서 기획력, 섬기는 리더십, 추진력의 삼박자 역량을 갖춘 김태춘 교수야말로 그런 공약을 이루어내는 데 최적화된 인물이다. 앞으로의 장정에 큰 응원의 박수를 보낸다.

성공은 사람을 통해서 찾아온다

윤정구
이화여자대학교 경영학부 교수

김태춘 교수와는 고등학교 동창이기는 하지만 재학 중에는 큰 교류가 없었다. 학교가 워낙 크고 김 교수는 이과생이고 나는 문과생이었다. 서로 만남이 시작된 것은, 아마도 1984년 가을 즈음이다. 김 교수가 전라북도교육청에서 서울특별시교육청으로 전보 발령을 받은 후 성서초등학교에서 행정실장으로 일하고 있을 무렵으로 기억한다. 그 당시 나는 대학원을 다니고 있었다. 김 교수가 근무하는 학교의 숙직실에 초대받아 라면을 먹어가며 청운의 꿈에 관해 이야기했던 추억이 있다. 그 후 나는 미국으로 유학을 떠나게 되어 한동안 연락이 끊어졌다가 한국에 귀국해서 참석한 동창회 모임에서 재회했다.

김 교수와 교류를 하면서도 그렇게 어렵게 생활했었는지를 알지 못했다. 이번 책을 통해서 상황을 이해했다. 서울에서 같이 어울렸을 때도 어려운 기미를 못 느꼈다. 워낙 낙천적 성품에다가 친구를 잘 사귀는 성격 때문일 것이다. 기억에 김 교수 주위에는 긍정적 성격을 가진 친구들이 넘쳤다. 김 교수는 이들 누구와의 관계도 돈

독하게 만드는 재주를 가지고 있다. 누구하고 어울려도 자기주장을 펴기보다는 상대방의 입장에서 배려하고 경청하는 자세 때문이다. 자신이 어려움에도 불구하고 상대의 아픔에 대해 환대해 가며 소통하는 습관은 지위고하를 막론하고 당사자의 마음을 빼앗았다. 이런 태도는 평생 삶 속에 뿌리를 내려 아마도 김 교수 성품의 한 자락을 형성한 것으로 보인다. 오랜만에 만나서 이야기해도 방금 만나고 헤어진 사람처럼 편하다. 한마디로 환대와 소통의 달인이다.

변화하는 세상 속에서 새로운 질서가 만들어지는 현상을 설명하는 혼돈이론이라는 이론이 있다. 중국 북경 근방의 시골 마을에서 나비 한 마리가 날갯짓하면 과거에는 세상에 아무런 변화가 없었겠지만, 지금과 같은 초연결시대에는 나비의 날갯짓이 가끔은 이 연결을 타고 큰 바람을 일으킨다고 설명한다. 이 바람이 태평양에 태풍을 만들어 맨해튼의 건물을 무너트리는 일이 실제로 발생한다. 학자들은 이런 태풍을 일으키는 나비의 날갯짓과 그냥 공기 중 작은 바람으로 끝나는 미동을 구분했다. 나비가 태풍을 일으킬 경우는 나비의 초기 날갯짓에 선한 의도와 목적이 담겨 있어야 한다고 설명한다.

김 교수가 고등학교를 졸업하고 가정형편이 어려워 제때 대학을 진학하지 못했음에도 홍익대학교 경영학과에 입학해서 학업을 이어가고, 직장생활과 병행해서 대학원에서 사회복지로 박사까지 마치고 다시 대학으로 돌아와 학생들을 가르칠 수 있었던 힘은 김 교수가 보낸 나비의 날갯짓에 선한 의도와 목적이 내재해 있었기 때문이다. 이 선한 의도로 무장한 지속적 날갯짓은 김 교수가 어디에서 일하든 큰 바람을 일으킬 것이다. 석사와 박사를 사회복지학으로 마무리한 것도 우연이 아닌 것으로 보인다. 주변의 이야기를 들어보면 바쁜 상황에서도 선한 의도를 가지고 공동체에 봉사하는 일이 습관으로 굳어진 것으로 보인다.

김 교수는 서울대학교에서 오랫동안 학생들과 소통해 왔고 본인도 오랫동안 학생신분이어서 평생교육의 의미를 누구보다 잘 이해하고 있다. 평생교육, 사회복지, 노인문제와 관련해 누구보다 더 깊은 식견을 가지고 있어서 의왕시에 차별적으로 기여할 수 있는 여지가 많다.

소통의 달인인 만큼 의왕시 주민들의 고통에 대해서 환대해 가며 주의 깊게 경청할 것이다. 또한 환대와 소통을 넘어서 본인의 전문성을 발휘해서 해결책을 찾아내는 탁월한 리더십을 발휘할 것으로 보인다.

지금까지의 삶도 역동적이었지만 인생의 마지막 삼막이 더 기대되는 친구다. 세상의 모든 성공은 관계를 통해 찾아온다. 김 교수와 관계를 맺고 있는 대부분의 사람들은 성공자로 보인다. 세월이 그렇게 흘렀어도 아직도 김 교수와 좋은 친구인 내가 자랑스럽다. 성공은 사람을 통해서 찾아온다.

소통과 섬김의 리더십을 소유한 김태춘

이완섭
(전) 서산시장

이 책의 저자 김태춘 교수는 나의 자랑스러운 공주고등학교 동기동창이며 보배 같은 친구다. 600명의 모교 동기동창 중 이 책의 제목처럼 '보물찾기'로 몇 사람을 찾아내라면 제일 먼저 찾아내고 싶은 친구 중의 한 사람이다.

이런 김 교수와 나는 모교가 맺어 준 인연으로 반백 년에 이르도록 돈독한 우정을 지금까지 나눠 오고 있다. 저자는 참 좋은 친구이자 스승과 같은 존재다. 내가 부족하다고 느끼는 부분을 그를 통해서 많이 배우기 때문이다. 특히 폭넓은 대인관계와 친화력 있는 소통과 공감 능력은 리더에게 있어 금과옥조 같은 리더십의 요소라고 할 수 있을 것이다.

그렇기 때문일까? 저자는 어디에서나 인정받으며 주목을 받는 편이고 각종 모임체의 중심에서는 늘 그를 필요로 한다. 이는 저자의 많은 강점 중에서 가장 돋보이는 부분이기도 하다. 한 예로 회원이 150여 명이나 되고 수억 원의 기금이 조성된 '재경 공주고등학교 50회 동창회'를 가장 멋진 친구들의 모임으로 만들어 놓았다. 친구들은 항상 김 교수에게 고마움을 전하고 있다. 친구는 사심 없이 자기에게 주어진 일에 최선을 다하는 사람이다.

나는 저자와는 같은 공직자의 길을 걸어왔기에 꾸준히 소통하며 그와 동행하는 세월의 흐름을 지켜볼 수 있었다. 큰일을 하려는 사람은 '수신제가치국평천하'의 덕목부터 점검해 보아야 한다고 생각한다. 그런 의미에서 본다면 김 교수는 수신제가에 있어서는 부러움의 대상이다.

학창시절부터 아버지 어머니를 지극한 정성으로 모셨던 효자였으며, 자녀들을 훌륭하게 키워 국가의 일꾼으로 내어 놓았으며 또한 그동안 많은 역경들을 현명하게 잘 극복하여 현재는 멋진 가장으로 손색이 없다. 이런 사람은 국가와 지역사회를 위해서도 쓰임새가 많은 사람이라 할 수 있지 않겠는가? 친구들 사이에서도 그렇게 인정을 받아온 저자가 어느 날 큰 뜻을 품고 있음을 내게 알려왔다. 아니 상의를 해왔다는 표현이 더 맞을 듯싶다. '판단은 신중하게 하되 결단은 신속하게'의 원칙을 가졌는지 그는 그런 과정을 거쳐 출판기념회 계획도 알려왔다. 그리고 고맙게도 나는 추천사를 부탁받았다.

나는 원고를 읽어보며 "제2의 고향인 의왕시를 멋지게 변화시키고 싶다"며 입버릇처럼 말하던 친구의 음성이 귓전에 울려옴을 느꼈다. 누구보다도 잘, 그리고 정확하게 의왕시민의 가려운 곳을 찾아 시원하게 긁어줄 사람은 바로 '김태춘'이라고 믿어 의심치 않으며 저자의 건승을 기원한다.

자랑스런 내 친구 김태춘

이상헌
문학박사
홍주고등학교 교장
(사)한국예술총연합회 홍성군 지회장

코로나 팬데믹이 모든 이들을 우울하게 하고 중소상인들을 더욱 옥죄고 있다. 온통 시커멓고 활짝 웃게 하는 보도가 들리지 않는다. 이럴 즈음 친구가 경기도에서 의왕시장에 도전하려 한다는 야심찬 계획과 소식을 전해주어 동창생들을 들뜨고 기쁘게 해주었다.

나와 친구의 첫 만남은 까까머리 중학교 1학년 때부터 시작되었다. 친구가 사는 면에는 중학교가 없어서 우리 면의 탄천중학교를 다녀야 했다. 거의 10킬로가 넘는 먼 길을 뿌연 먼지 터널을 뚫고 3년을 다녔다. 새벽밥을 먹고 학교에서 열심히 공부하고, 아마 집에 도착했을 때는 녹초가 되었을 것이다. 피로가 덜 풀린 상태에서 등·하교는 반복되었다. 본인과는 3킬로미터쯤 같이 오다가 삼각리 삼거리에서 헤어졌다. 동성임에도 헤어질 때면 섭섭했고, 이튿날 만나면 반가웠던 친구가 김태춘이다.

졸업 후에는 똑같이 공주고등학교에 진학하여 3년을 동문수학하였다. 학창시절 6년간의 소중한 인연을 아직도 잊지 못하고 서로를 그리워하고 있다. 친구는 아버지 어머니를 잘 섬기며 케어(care)하는 효자로 기억하고 있으며 학업성적도 매우 뛰어났다. 공직에 근무하면서 주경야독을 하여 어느새 박사학위를 취득하였다. 고된 공직생활의 직장인, 그리고 한 가정의 아버지, 또한 학생으로 얼마나 힘들었을지 짐작하고도 남는다. 서울대학교 박물관에서 근무할 때는 박물관에서 발간되는 책(도록)과 입시홍보물로 제작된 넥타이를 보내왔다. 그 넥타이는 너무나 소중해서 어느 특별한 날 매곤 기념으로 잘 모셔두었다.

기나긴 공직생활과 대학의 교수직을 수행하면서 또다시 용기를 내 의왕시민을 위해서 커다란 발걸음을 시작했다. 쉬어야지 하는 보통사람들과 달리 일할 수 있는 건강한 몸과 강인한 정신력, 그리고 가난에서 체득한 근면함으로 다시 일어서고 있다. 그동안 너무나 힘들게 살아왔으나 또 그것을 슬기롭게 견뎌낸 친구는 어떤 사람과도 스스럼없이 소통할 수 있고, 누구의 의견도 들을 수 있는 경청과 공감의 마인드를 가진 준비된 사람이라고 생각한다.

교육부 서울대학교의 정책관, 산업통상자원부, 대한민국 국회, 서울특별시교육청 등에서 일한 풍부하고 전문적인 행정경험과 건양대학교와 성결대학교 교수를 거친 학자의 풍모를 갖춘, 필자가 봐도 부러운 친구다.

풍부하고 전문적인 행정경험이 말해주듯이 기초가 튼튼한 친구의 앞날에 탄탄대로가 펼쳐지리라 의심치 않는다. 이런 멋진 친구가 곁에 있어 나는 더욱 행복하다.

친구의 건승을 기원한다.

chapter3

본격적인 서울대 사회생활

chapter4

언론 속의 김태춘

chapter5 지금의 김태춘

chapter6 의왕시의 역사와 유래

chapter7 명사의 글

chapter8 좋은 말씀

이 순간 살아 있으매
모든 삶의 축복에 대한 경외심을 느끼곤 합니다.

– 오프라 윈프리 –
Oprah Winfrey

Chapter 1

어린 시절의 꿈과 추억

깊은 산 눈썰매

1960년 충청남도 청양군 청남면 시골마을. 내가 태어난 때와 곳이다. 다복한 집이어서 형제남매가 8명이나 됐고 난 그중 막내로 태어났다. 맏누님이 지금 80세가 넘으셨으니까 나와는 무려 20년 이상 차이가 났다. 덕분에(?) 난 마치 부모님이 여러 명인 듯 온갖 귀여움을 독차지하고 컸고 형 누나들의 사랑을 듬뿍 받으며 어린 시절을 보냈다.

“누나, 나 저 감 따줘.”
“아이고 우리 태춘이, 감 먹고 싶었어요? 잠깐만 기다려.”
“형아, 나 자전거 태워줘.”
“그래 그래, 태춘이 자전거 타려고요?”

말만 하면 소원이 이뤄지는 요술램프나 마찬가지였다. 그래도 다행히 난 이 때문에 말도 안 되게 엇나가거나 응석받이가 되진 않았던 듯하다. 형 누나들의 사랑은 내 어린 시절 내내 줄기차게 이어졌는데 이는 한겨울에도 마찬가지였다.

“형아, 나 썰매 타고 싶어요!”
“태춘이 썰매 탈래? 좋았어, 바로 대령이다.”

한겨울이면 깊은 산으로 형들 손잡고 나무하러 다니기도 했지만, 틈틈이 아무도 없는 겨울 산비탈에서 혼자 썰매 타는 호사를 누리기도 했다. 뿐인가. 뒷동산에 오르기만 하면 놀 것 천지였다. 겨울에는 형, 누나들이 명주실을 엮어 줄을 만들고 창호지를 뜯어다가 연을 만들어줬고 정월대보름에는 거기 올라 불붙은 깡통을 신나게 돌렸다. 처음에는 겁이 났지만 대보름엔 다 그렇게 하는 거라고 해서 열심히 돌렸던 기억이 난다. 지금 생각하면 민족의 풍습인 쥐불놀이를 그렇게나마 느껴본 게 다행이다.

그렇게 놀다 보면 배가 고파지기 일쑤였다. 그럴 때면 우리 동네 친구들은 집집마다 돌아다니는 버릇이 있었다. 지금의 핼러윈 축제처럼 말이다. 하지만 이유는 좀 다른데, 우린 주로 밥이나 나물을 훔쳤다. 그때만 해도 애들 장난으로 여겨지던 시절이라 그런지 아이들이 꽤나 즐기던 짓인데, 그렇게 훔쳐온 밥과 나물을 모아 비빔밥을 만들어 먹곤 했다.

한번은 누나가 울면서 집에 들어온 적이 있었는데 다들 왜 그런가 하고 자초지종을 물었다. 이유인즉, 널뛰기 놀이를 하는데 옆 동네 애들이 몰려와서 그 널을 갖고 도망갔다는 이야기. 당시만 해도 널 자체가 많지 않아 동네마다 고작 한 개 정도밖에 없을 때였다. 그래서 동네끼리 서로 널을 훔치거나 가져가는 일이 다반사였다. 형들이 가만있을 리 없었다.

"어디야?"

누나가 손가락질한 쪽으로 형들은 냅다 뛰었다. 나도 덩달아 마음이 바빠졌다. 어린 마음에도 뭔가 형들을 쫓아가야 사내라는 생각이 막연히 들었다. 우린 옆 동네를 이 잡듯 뒤진 끝에 결국 널을 찾아냈고 의기양양하게 널을 같이 들고 동네로 무혈입성했다. 그때 동네꼬마들의 그 눈빛이 아직도 기억나기도 한다.

겨울의 시골은 좀처럼 움직이기가 만만치 않을 때이다. 하지만 우리는 한겨울도 문제없었다. 오히려 더 나가서 선생님을 만났다.

“자, 다들 준비됐니?”
“네!”
“그럼 여기부터 소리치면서 뛰어가는 거다. 알았지?”
“네!”

손발이 꽁꽁 얼어가는데도 우리가 마냥 신나하는 게 있었으니 바로 토끼사냥이었다. 눈밭에서는 토끼도 사람도 느려지기 마련이다. 하지만 우린 사람 수가 많으니 결국 토끼를 잡아내곤 했다. 하지만 난 토끼고기는 먹어보질 못했다. 늘 선생님이 토끼를 가져가셨기 때문이다. 지금도 가끔 궁금할 때가 있긴 하다. 그때 그 토끼들은 가져가서 길렀을까, 먹었을까를 말이다.

한 가지 돈벌이가 되는 놀이도 있었는데 개울가에서였다. 내가 살던 고장은 예로부터 사금이 많은 동네였다. 여름장마엔 냇가에서 물고기를 잡고, 그 외엔 거의 사금을 채취하러 개울가로 모였다. 사금채취는 그 작업방식이 좀 신중한 편인데 먼저 일정구역을 정해놓고 개울바닥에 소위 ‘금전판’이라는 구덩이를 파낸다. 그리고 눈을 동그랗게 뜨고 그 파낸 모래알에서 금조각들을 찾아내는 식이다.

하지만 이 금전판이 간혹 사고를 불러일으키곤 했는데 문제는 역시 장마철. 물이 불어나면 이렇게 파낸 금전판이 깊은 웅덩이가 되어버리기 일쑤였다. 어린이들로서는 목욕탕 같기도 하고 수영장 같기도 해서 일부러 거기 가서 수영도 하고 물장난을 치지만 불어난 물 때문에 웅덩이가 생각보다 깊어지고 물살이 세기 마련. 심심찮게 아이들이 빠져 죽는 사고가 있기도 했다.

어쨌든 훗날 우리 가족은 어릴 때 공주시 이인면으로 이사했는데 나중에 알고 보니 그곳 동네 서당 훈장님이 아버지 친구였다. 그것 때문에 이사했는지는 알 수 없으나 여하튼 난 어려서부터 자연스럽게 서당을 출입하게 되었다. 하늘 천 따지~ 천자문을 떼고 남들보다 이른 나이인 6살에 이인국민학교에 입학했다.

아이는 아이

국민교육헌장선포

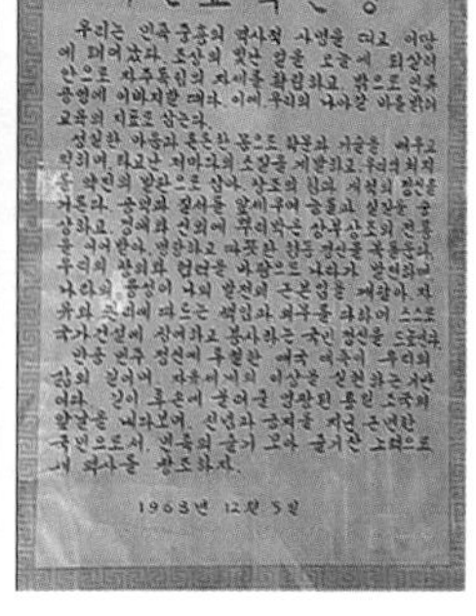

국민교육헌장

우리는 민족중흥의 역사적 사명을 띠고 이 땅에 태어났다. 조상의 빛난 얼을 오늘에 되살려 안으로 자주독립의 자세를 확립하고, 밖으로 인류공영에 이바지할 때다. 이에 우리의 나아갈 바를 밝혀 교육의 지표로 삼는다.

성실한 마음과 튼튼한 몸으로 학문과 기술을 배우고 익히며, 타고난 저마다의 소질을 계발하고, 우리의 처지를 약진의 발판으로 삼아, 창조의 힘과 개척의 정신을 기른다. 공익과 질서를 앞세우며 능률과 실질을 숭상하고, 경애와 신의에 뿌리박은 상부상조의 전통을 이어받아, 명랑하고 따뜻한 협동 정신을 북돋운다. 우리의 창의와 협력을 바탕으로 나라가 발전하며, 나라의 융성이 나의 발전의 근본임을 깨달아, 자유와 권리에 따르는 책임과 의무를 다하며, 스스로 국가건설에 참여하고 봉사하는 국민 정신을 드높인다.

반공 민주 정신에 투철한 애국 애족이 우리의 삶의 길이며, 자유세계의 이상을 실현하는 기반이다. 길이 후손에 물려줄 영광된 통일 조국의 앞날을 내다보며, 신념과 긍지를 지닌 근면한 국민으로서, 민족의 슬기를 모아 줄기찬 노력으로, 새 역사를 창조하자.

1968년 12월 5일

국민교육헌장 전문

“자, 지금 여기 보이는 게 ‘국민교육헌장’이에요. 지금부터 이걸 외우는 거예요. 다 외웠다고 생각하는 사람은 손을 들면 돼요~”

국민교육헌장이 새로 나올 무렵이니까 내가 4학년 때쯤인 걸로 기억된다. 한 10분쯤 뒤에 난 손을 번쩍 들었다.

"그래, 태춘이 왜? 화장실 가고 싶어?"

"아뇨. 선생님이 다 외우면 손 들라고 해서…."

"뭐? 벌써 다 외웠다구?"

"네. 다 외운 것 같아요."

"정말? 자, 그럼 해볼까?"

난 줄줄 외워댔고 김화자 선생님은 이런 앤 처음 본다는 눈빛으로 날 바라보셨다.

"와, 태춘이는 정말 머리가 좋구나. 나중에 큰사람 되겠는걸? 참 잘했어요."

칭찬이라 기분은 좋았는데 머리가 좋았는지는 잘 모르겠지만 어쨌든 난 외우는 것 하나는 기가 막히게 빨리 잘 외웠던 것 같다. 다행히 아버지께서 영특한 머리를 물려주셨는지 몇 달 뒤 IQ검사를 하게 됐을 때도 선생님의 칭찬이 이어졌다.

"와, 우리 태춘이가 IQ검사에서 145가 나왔어요. 이 정도면 수재예요, 수재!"

하지만 정작 난 열심히 공부하거나 책을 파기보다는 밖에 나가서 친구들과 어울려 노는 게 더 좋았다. 게다가 일가견도 있었다. 축구를 비롯해서 자전거, 만화책, 썰매타기 등 여느 아이라면 일찍이 즐길 만한 종목은 물론이고 태권도, 역기 등도 섭렵했다. 그러는 사이에 나도 모르게 체력이 길러졌는지 운동회를 하면 축구 선수요, 기마전을 하면 말 역할을 도맡아 하곤 했다. 5학년 땐가는 뜬금없이 마라톤도 즐겼는데 이유는 지극히 단순했다. 지금껏 친하게 지내는 친구 신명균이 마라톤을 잘해서 늘 아랫마을 주봉국민학교까지 뛰어갔다 오기 연습을 하곤 했는데 그럴 때면 나도 친구의 페이스메이커 역할도 할 겸 덩달아 뛰어갔다 오기 일쑤였다. 친구는 그런 내 덕에 연습이 더 잘된다고 웃곤 했다. 이렇게 뭘 하든 난 늘 친구들과 함께였고 혼자보다는 친구들과 어울리는 게 더 재밌어 두루두루 친하게 잘 지냈다. 모르긴 몰라도 지금의 내 사회성은 이때부터 길러진 것이 아닌가 싶다.

신나는 일은 또 많았다. 바로 먹는 시간. 난 항상 집에서 빈 깡통 도시락을 학교로 가져갔는데 그러면 학교에서 강냉이죽을 거기에 나눠줬다. 저학년 땐 그렇게 늘 강냉이죽으로 때우기 일쑤였는데 4학년 때쯤 빵으로 바뀌면서 우유가 같이 나왔다. 당시 빵은 우리들에게 신문물이나 다름없어서 상당히 인기가 있었는데 빵차가 학교로 들어오면 전 학급 학생들이 벌떼처럼 몰려들 정도였다. 어쩌다 한식(?)도 즐겼는데 잘사는 집 애가 누룽지라도 싸온 날엔 학교 뒷동산에 올라가 같이 나눠먹었다.

특별한 기억이 하나 있다. 6학년 때 이철수 선생님은 잊을 수가 없다. 서예에 무척 조예가 깊은 분이었는데 수업시간이나 쉬는 시간에도 늘 교탁 위에 30센티 자를 놓고 다니시다가 나중에 그게 조금이라도 움직인 티가 나면 누가 손댔냐며 호통을 치시곤 하셨다. 그렇게 무서운 선생님이셨지만 내가 선생님을 특별히 기억하는 건 추억이 있기 때문. 어느 날 선생님이 날 부르셨다.

"네, 선생님."
"어, 태춘이 왔나? 태춘아, 책을 좋아하는 것 같던데 집에 가서 책 볼 때 불편하지?"
"헤헤, 좀 어둡긴 한데 그래도 괜찮아요, 선생님."

집에 전기가 안 들어와 호롱불 켜놓고 공부하던 시절이다. 선생님이 씩 웃으셨다.

"내일부터 학교에 불을 켜놓을 테니 학교에 와서 책을 보렴. 알았지?"
"와, 정말이요? 선생님, 감사합니다."

무섭기만 한 선생님이 그날부터 따뜻하게 느껴졌다. 그렇게 선생님의 배려로 난 다음 날부터 학교에 두 번씩 다니기 시작했는데 책도 보고, 공부도 하고, 동화책도 읽고, 숙제도 하는 등 밤늦게까지 학교에서 뭉개는 날이 점점 많아졌다. 장개석 위인전을 재밌게 읽었던 기억이 나는 것도 이때쯤이다. 뿐만 아니라 선생님은 나에게 서예도 가르쳐주셨는데 그 때문인지 난 지금도 비교적 반듯한 필

이인초등학교

체를 가지고 있어 이래저래 선생님께 고마운 마음뿐이다.

1971년, 그렇게 초등학교를 졸업할 때, 난 학업성적이 우수해 최우등상을 받았다. 당시로서는 지역유지나 관리에게서 상을 받는 것이 큰 영예이던 시절인데 난 우체국장상도 수상하게 돼 주변의 축복과 축하를 많이 받았었다. 그날은 형, 누나들이 특히 잘해줘서 즐거웠던 기억도 난다. 나도 그땐 아이였으니까.

아버지의 춤

우리 아버지는 시골에서 태어나 평생을 농사밖에 몰랐던 분이었지만 무척 총명하시고 인물이 훤칠하셔서 그런지 동네에서 늘 인기가 좋았다. 아, 단지 인물 때문에 인기가 좋았던 것만은 아니다. 매년 아버지 생일이 돌아오면 우리 형제들은 늘 하는 일이 있었는데 이 때문에 이른 새벽부터 잠을 설쳤다.

"얘야! 얘들아! 얼른 나가서 어르신들 모셔오거라~!"

"아부지, 좀만 더 자고 가면 안 돼요?"

"허허, 이 녀석, 얼른 갔다 오면 더 자게 해줄 테니 냉큼 다녀오거라."

아버진 당신 생일이 되시면 새벽부터 엄마를 시켜 제대로 상을 준비하게 하시고 우리에겐 동네 어른들을 모셔오라고 심부름을 시키곤 했다. 우린 졸린 눈을 비비며 동네를 돌았고 그렇게 어른들을 모셔오면 때 아닌 잔치가 벌어졌다. 그땐 아무 생각 없이 그저 먹을 게 생기니 좋았지만 지금 생각해 보니 우리 아버진 바라는 것 없이 베풀기 좋아하시는 사람이었다. 어르신들이 드시는 모습을 보며 늘 흐뭇하게 미소 짓던 아버지였다.

뿐만 아니다. 동네 풀을 뽑거나 길을 정비하는 등 작업 품앗이가 있는 날이나 동네잔치엔 어김없이 막걸리와 돼지고기, 두부 등을 손수 장만해서 어른들을 대접하고 어떤 땐 직접 공연까지 하셨는데 그게 가능했던 이유, 아버진 춤을 워낙 잘 추셨다. 맛난 음식에 부록으로 춤까지 구경하는 셈이 되니 어르신들이 마다할 리 없었다. 그러나 늘 좋지만은 않은 법. 춤을 잘 추는 게 화가 됐던 적도 있다. 하루는 어머니가 아버지에게 따지고 들었다.

승무춤

"아니, 당신은 뭔 춤을 꼭 그렇게 아낙네들 앞에서만 요상하게 춘다요?"

"허허, 내가 춤을 추는데 그 사람들이 앞으로 온 거지, 내가 뭘 어쨌다고 그래?"

"당신, 다음부턴 여하튼 춤은 추지 마요, 알았죠?"

인물도 좋은 데다 춤도 잘 추니 동네 아주머니들에게 인기가 높았던 것이 엄마의 심기를 건드렸다. 종종 이렇게 아버지는 오해 아닌 오해를 받기도 했는데 어쨌든 내 기억에 아버지가 더 요상한 일을 하시는 걸 본 적은 없다.

그런데, 그러던 어느 날이다. 마을 어귀에서 놀고 있는데 우리 아버지처럼 훤칠하고 말쑥하게 차려입은 어떤 아저씨가 검은 가방을 둘러메고 마을을 지나가는 걸 우연히 보게 됐다. 아버지와 닮은 데다 말쑥한 옷차림도 신기했던 난 무작정 그 아저씨를 따라갔다. 그 아저씬 마침 열려있던 5일장 장터로 들어가더니 한쪽 구석에 자리를 잡고 가방을 열기 시작했다. 난 숨어서 지켜보며 아무리 봐도 아버지와 너무 닮은 모습에 와, 신기하다 하고 있던 참이었다.

그때 갑자기 그 아저씨가 모자를 벗어놓고 가방에서 꺼낸 연장 같은 것들을 늘어놓기 시작하는 것이 아닌가. 난 순간 놀라자빠졌다. 아버지였다. 그 아저씬 아버지와 닮은 사람이 아니라 정말 아버지였던 것이다. 정말 눈을 씻고 봐도 안 믿긴다더니 그때가 딱 그랬다. 아버지의 차려입은 모양새도 낯설었지만 그 가방과 가방에서 나온 요상한 장비들도 다 처음 보는 것이었기 때문이다. 난 대번에 용수철처럼 튀어나갔다.

"아부지!"
"어, 태춘이구나. 어쩐 일이냐? 심부름 왔어?"
"아부지, 이게 다 뭐예요?"
"허허, 이거? 글쎄… 너 여기 잠깐 있거라."

아버진 날 번쩍 들어 옆에 앉히시더니 말없이 연장들을 늘어놓으셨다. 어린 마음에 난 아버지가 여기서 다른 아줌마들을 만나면 어쩌나 마음 졸이며 가만히 지켜보고 있었는데 어떤 할아버지가 아버지에게 다가왔다.

"어이 김선생. 나 이것 좀 봐줘."
"아이고, 많이 썩으셨네. 잠깐 그대로 계셔."

나중에 알게 된 사실이지만, 아버진 5일장을 돌아다니시며 치아를 손봐주는 일을 하셨다. 주로 모양을 본떠서 금니를 씌우는 일까지 하셨으니 당시로서는 손재주가 무척 좋은 편에 속했다. 그날 밤, 아버진 날 불러 앉히셨다.

"태춘아, 넌 무슨 일이 있어도 대학까지 공부는 꼭 마쳐라."

"네?"
"반드시 대학교까지는 공부해야 한단 말이야."
"네! 아부지!"

자주 하시던 말씀인데 그날 저녁도 난 뜻은 정확히 모르면서 그저 씩씩하게 대답하였다. 아마도 아버지께서는 교육의 중요성을 누구보다 잘 알고 계셨던 듯하다. 그 때문인지 나 역시 무의식중에도 공부는 해야겠다고 생각했다.

"근데 아버지 대학인가 거기 가려면 돈 많아야 되는 거 아니에요?"
"허허 이 녀석, 돈이 뭔지는 벌써 아는구나. 내 안 그래도 준비하고 있단다."

아버지가 꺼내서 보여준 농협 통장엔 숫자가 빼곡히 적혀있었다. 그렇게 농사짓고 장을 돌아다니며 번 돈을 한 푼 두 푼 모아 내가 대학 갈 것을 대비해 이미 적금을 붓고 계셨던 터였다. 나 역시 결혼 전부터 '나중에 나도 내 아이들은 반드시 대학까지는 교육시켜야 되겠구나' 생각이 들었던 것도 은연중에 이때부터 받은 아버지의 영향이 아닐까 싶다. 덕분인지 두 아들 모두 서울에서 대학까지 다 마치고 결혼해서 직장생활까지 아무 탈 없이 하고 있으니 문득 아버지 생각이 더 나는 듯하다.

첫 자전거

집에서 약 6km 정도 떨어진 공주 탄천면에 있는 탄천중학교는 모두 5개 반으로 이루어졌는데 세 반은 남자고 여자는 달랑 한 반이었다. 나머지 한 반은 남녀공학반. 당시만 해도 여자애는 학교에 가서 뭐 하냐는 인식이 많았던 때라 어느 학교든 남학생들이 훨씬 많았다. 그리고 그때는 보통 반편성시험이란 게 있었는데 거기서 난 덜컥 전체 1등을 했고 내 친구 정형섭이 2등을 했다. 선생님은 우리가 똘똘해 보였는지 이렇게 말씀하셨다.

"출세하려면 반드시 공주고등학교로 가거라. 알았지?"

이 말씀 덕분인지 우린 고민이 깊어졌다. 고등학교를 어디로 가느냐가 자연스레 초미의 관심사가 돼버렸다. 그러나 당장 입학하게 된 탄천중학교부터가 미처 예상도 못 한 곳이었다. 난 당연히 공주시내의 공주사대부속중학교 혹은 공주중학교에 입학할 줄 알고 있었는데 그해부터 학군이 변경되는 바람에 탄천중학교로 들어가게 됐다. 내 수업권이 결정적으로 바뀌는 순간이라 느껴져 나도 모르게 '제도가 뭐 이래'하고 탄식이 나왔다. 그러던 어느 날, 갑자기 아버지께서 날 불렀다. 학교에 대한 이런저런 불만을 아버지가 눈치채고 혼내려는 건 아닌지 내심 눈치가 보여 조심스럽게 아버지 앞에 앉았다.

"네…아버지…"
"태춘아, 밖에 나가 보거라."
"네? 밖에 왜요? 어디 심부름 갈 데 있어요?"
"아니, 집 앞에 나가보라니까, 얼른."
"네."

터덜터덜 마당으로 나간 나는 깜짝 놀랐다. 자전거 한 대가 떡 하니 놓여있었다. 난 뛸 듯이 기뻤다. 게다가 난생 처음 받아보는 새 자전거였다. 당시의 나야 그저 새 자전거가 생겼다는 사실만으로 기뻐 날뛰었지만 나중에 알고 보니 거리가 좀 떨어진 학교로 다닐 것이 걱정이 되셨는지 아버지가 회갑 때 받은 금반지를 팔아 장만해 주신 것이었다. 덕분에 평소 운동을 좋아하던 난 갑자기 학교 가는 것도 재밌어지고 건강도 눈에 띄게 좋아졌다. 이래저래 잠시 마뜩치 않았던 중학교 신입생 시절이 갑자기 신나졌다. 다만 돌이켜 보면 그때의 태춘이가 아버지에게 더 감사한 마음을 가졌으면 얼마나 좋았을까 하는 생각뿐이다.

그렇게 아버지 덕분에 난 중학교에 들어가자마자 무척 체력이 좋아졌는데 아무래도 자전거를 열심히 타서였으리라. 그저 매일 자전거 타는 게 마냥 좋아 학교를 오갈 때는 물론이고 학교 운동장을 하릴없이 몇십 바퀴씩 돌다 보니 나도 모르게 체력이 국력이 되어가고 있었다. 결국 결실(?)이 맺어졌다.

"쟤, 누구냐?"
"아, 태춘이라고 신입생이랍니다."
"그런데 쟨 왜 저렇게 맨날 자전거만 타지?"
"왜 그런지는 모르겠는데 여하튼 자전거 하나는 잘 타는 것 같습니다."

매일같이 학교 운동장에서 도는 게 신기했는지 선배들이 나를 눈여겨보고 있었나보다. 난데없이 학교 사이클부에 들어오는 게 어떻겠냐는 제안을 받게 됐는데 당연히 난 망설일 이유가 없었다. 사이클이라는 이름부터가 멋졌다.

"네, 내일부터 나가겠습니다!"

사이클부에 들어가자 친구들도 더 만나게 되고 신나는 일이 마구 생겼다. 그중 특히 기억에 남는 곳은 학교 앞이다. 당시 우리 학교 앞에는 그야말로 옛날식 '도너츠'가게가 하나 있었는데 몇십 원 정도면 도너츠를 한 쟁반 수북이 줬었다. 자전거 타기가 끝나면 난 친구들과 함께 그 도너츠가게에 몰려가곤 했었는데 돈은 거의 내가 냈다. 왜 그랬는지 정확한 기억은 나지 않지만 난 당시 친구들에게 도너츠를 무척 많이 사곤 했다. 그래서인지 나에게 도너츠를 안 얻어먹은 친구가 없을 정도였고 학교에 소문이 파다하게 났다. 갈수록 도너츠를 먹겠다고 몰리는 친구들이 많아져 나중엔 골라서 데리고 갈 정도였다. 도너츠와 인기가 맞바꿔지던 시절이니까 말이다.

안타깝고 아름다운 기억들

한번은 이런 일도 있었다. 친하게 지냈던 친구 중에 윤 군이 있었는데 또래보다 머리 하나는 더 크고 체격도 좋았을뿐더러 힘이 장사인 친구였다. 한번은 교내체육대회 핸드볼선수로 나가게 됐는데 윤 군도 함께였다. 친구사이인데 아쉽게도 서로 상대편으로 뛰게 됐지만 시합은 시합인지라 난 그저 여느 때처럼 열심히 시합에 임했다.

그런데 시합이 끝나자마자 갑자기 윤 군이 내게 달려들었다. 생각할 겨를도 없이 난 본능적으로 냅다 도망치고 말았는데 나중에 알고 보니 내가 윤 군의 공을 막았던 적이 있었나 보다. 아무튼 친구지간인데도 어찌어찌하다 보니 그 일에 대해 딱히 서로 이야기도 나누지 못하고, 미안했다는 말 한 마디 건네지 못한 채 헤어지는 꼴이 돼버렸다.

이후에 윤 군은 서울로 전학을 가서 육사에 들어갔는데 지금은 없어진 동대문운동장에서 육, 해, 공 세 개 사관학교가 모여 하던 삼사체육대회에 축구선수로 참가했다가 시합 중에 다쳤다는 이야기가 들려왔다. 옛 기억이 떠오르면서 안타깝고 미안한 마음에 연락을 취해봤으나 어쩐 일인지 연락이 잘 닿질 않았다. 지금은 퇴역장군이나 됐을까… 소식도 잘 모르지만 한때 친했던 친구라 지금도 종종 윤 군의 얼굴이 떠오르며 아련히 보고 싶을 때가 있다.

하지만 철부지 중학생이라 그런지 즐거운 일도 종종 있었는데 무엇보다 빼놓을 수 없는 일은 영화 관람이었다. 당시 우리 중학교에서 꽤 떨어진 공주시내로 나가면 호서극장이라는 곳이 있었다. 당시만 해도 지금처럼 복합관이나 멀티플렉스 개념이 없어서 그저 낡은 영사기가 돌아가는 옛날 극장에 팝콘도, 음료수도 없었지만 우린 영화를 볼 수 있다는 사실 하나만으로 그저 신기하고 반가웠다.

모든 것을 두리번거리며 신기해하는 채로 관람석에 앉았고 그러면 한 줄기 빛이 뒤에서 앞으로 냅다 달려나가면서 큰 화면이 꽉 차게 들어왔다. 그리고 필름이 돌기 시작하면 우린 숨을 죽인 채 화면에 머리를 처박고 빠져들어 갔다. 그렇게 몇 편의 영화를 봤던 것으로 기억하는데, 어린 마음에도 남녀가 사랑을 나누는 장면은 이유 없이 근사해보이고 멋져보였는데 그래서인지 지금도 가장 기억에 남는 영화는 '바람과 함께 사라지다'이다.

남녀가 껴안고 키스를 나누는 장면이 왜 그렇게도 멋져보였는지, 한동안 집에서 그 자세를 혼자 연습해 보기도 했을 정도였다. 그리고 특이하게도 인도영화도 한 편 본 기억이 나는데 '신상'이라는 영화였고 나는 난생 처음 그 영화에서 코끼리가 등장하는 장면을 보게 되어 너무나 신기하고 충격을 받았던 기억이 있다. 그렇게 내 중학교 생활은 시작부터가 신기하고 재미있는 것투성이였다.

공부냐
간호냐

하지만 나에게 바로 역경이 찾아왔다. 아버진 평소 인심도 후하고 마음이 좋으셔서 그런지 사람 좋아하고 특히 술을 좋아하셨는데 그게 결국 아버지의 발목을 잡았다. 덜컥 간경화에 걸리신 것이다. 결국 난 중학교 입학의 단꿈도 잠시, 1학년 때인 1971년부터 꼬박 4년간 아버지의 병을 치료하기 위해 서울로 모시고 다니면서 병수발을 들었다. 서울을 내 집 드나들 듯하며 하며 유명하다는 한의원부터 서울대병원까지 용하다는 곳은 죄다 뒤지고 다녔다.

특히 혜화동에 있는 서울대병원 응급실을 자주 갔는데 그럴 때마다 응급실 소파에서 많은 시간을 보내곤 했다. 당연히 학교생활도 제대로 할 수가 없었고 성적도 좋을 리 없었다. 정작 머릿속에선 공부에 대한 열망이 강했지만 현실은 그리 호락호락하지 않았다. 그렇게 간호하랴 서울 다니랴 공부할 틈을 내지 못하던 나는 마음이 조급해지기 시작했다. 어느덧 고교 입학을 눈앞에 두고 있었고 고등학생이면 청년이나 마찬가지다. 내 미래를 스스로 준비해야 할 때였다. 난 중학교 3학년 2학기 종업식이 끝나기 무섭게 바로 서울로 와서 종로2가에 있는 학원 단과반에 둥지를 틀었다. 당시 서울에 있는 학생들의 이야기를 우연히 전해들을 기회가 있었는데 서울은 학원을 다니는 것이 당연히 여겨진다는 얘기. 그래서 나도 학원을 끊었다. 그 겨울 동안 왕십리에 있는 큰누나 집에서 머물면서 기초과목인 국어, 영어, 수학, 과학 등 4개 교과목을 중심으로 열심히 공부하기 시작했다.

명문고교에 들어가다

공주고등학교는 역사와 전통을 자랑하는 당시 충남의 최고 명문 중 하나였다. 당시 중학교 1등은 금호공고를 가는 게 정석처럼 여겨지던 시절인데 공주고교 역시 만만치 않은 상대였다. 그런 만큼 중학교와는 규모가 달랐다. 전교생이 2천 명에 육박하고 교정도 어마어마하게 컸다. 그래서인지 선생님들 대부분이 공주고교 출신이 많아 결국 선생님이 선배님인 경우가 많았다.

또 명문답게 이름만 대면 알 만한 분들도 많이 배출됐는데 김종필 전 국무총리, 김용환 전 재무부장관, 정석모 전 내무부장관 등을 비롯해 충남대학교 서명원 총장, 공주사대 이화영 학장과 충남도지사, 충남경찰서장 등 힘깨나 쓴다는 분들은 거의 공주고등학교 출신들이었다. 하지만 아직 마음이 중학생에 머물고 있던 난 공부보다는 운동, 스포츠에 관심이 많았다. 야구, 축구는 물론이고 태권도, 유도, 합기도를 넘어 더 전문적인 운동도 즐겼는데 평행봉, 링, 보디빌딩까지 섭렵했다.

내가 공주고등학교에 입학하던 당시, 마침 도로도 새로 아스팔트로 깔렸다. 당시 기억에 북한의 김일성이 한국을 방문한다고 정부에서 길을 새로 닦은 것이었다. 공주에서 부여까지 방문한다고 공주에서 부여까지 길을 닦았다. 그리고 이때부터 동네에 전기도 들어오기 시작했다. 어쨌든 같은 탄천중학교에서 3, 40명이 같이 공주고로 진학한 터여서 왠지 마음이 든든했다.

고등학교에 입학하기 무섭게 난 1학년 때부터 태권도를 배웠다. 방과 후에 학교 빈 교실에서 가르쳐주는 경우가 대부분이었는데 당시 공주종합체육관 소속의 김태수 사범이 학교에 직접 와서 가르쳤다. 운동을 좋아하던 나는 그 시간이 내심 기다려졌는데 단순히 태권도가 좋아서 기다렸던 것은 아니었다. 희한하게도 난 태권도의 모든 게 마음에 들었는데 이를테면 도복부터가 그렇다. 하얀색 도복을 입고 끈을 매면 그때부터 뭔가 마음이 잡히고 단정해지면서 뭐라도 해낼 것 같은 기분이 들었다. 특히 남자들끼리의 대련은 내가 가장 좋아하는 시간이었다. 그야말로 하늘을 찌르는 기합소리와 흐르는 땀방울 등 무엇보다 남자들끼리 살로 부딪치며 성실을 느끼고 우정을 확인하는 그 시간이 특히 좋았다. 그런 가운데 우리는 약하게나마 전우애라든가 의리를 서로 나누는 시간을 보냈고 난 그 태권도 시간에 흠뻑 빠져들었다. 그야말로 성실과 의리라는 것을 온몸으로 느끼는 시간이었다. 그래서인지 난 지금도 성실과 의리를 매우 중요하게 생각한다.

하지만 그렇게 운동만 열심히 했던 것도 아니었다. 사실, 밖에서 놀고 운동하는 시간이 늘어나다 보니 공부를 약간 소홀히 한 건 사실이었다. 하지만 그런 나를 다시 다잡아준 게 아버지였다. 그래도 내가 이른바 명문고등학교에 들어가자 아버지는 여기서 방심하면 안 되겠다 생각하셨던 것 같다. 밥상에 앉아 밥을 먹으려 들면 아버진 늘 먼저 다짐을 받아냈다.

"태춘아, 정신 바짝 차려야 한다."

"네?"

"이놈아, 너도 반드시 의과대학에 들어가야 한단 말이다. 우리 집안은 의사 집안이야."

아버진 늘 입버릇처럼 의과대학에 가야 한다고 말씀하셨는데 실제 집안 어르신들 중에 서울에서 의사로 활동하신 분들이 몇 분 계셔서 그 영향을 받지 않았나 생각되기도 한다. 어쨌든 그래서인지 난 자연스레 진로를 이과로 정했다.

그러나 시련은 일찍 찾아오고 말았다. 끝내 아버지는 내가 고등학교 1학년 겨울방학 때인 1975년 아주 추운 겨울날, 65세의 비교적 젊은 나이에 우리 가족과 이별하셨다. 슬하에 8남매를 먹이고 키우시는 게 너무나 힘드셨을까. 고생만 많이 하시고 너무 일찍 세상을 뜨셨다. 그동안 아버지를 모시고 다니며 병간호하던 내게도 아버지의 죽음은 청천벽력 같은 일이었다. 오랜 시간을 식음을 전폐하고 실의에 빠져들었다.

그렇게 슬픔에 잠겨 덧없이 세월을 보내던 어느 날 문득 꿈인지 생시인지 아버지가 호통치는 모습이 떠올랐다. 대학을 가라고 말씀하시던 모습, 의사가 돼야 한다고 강조하시던 모습들이 주마등처럼 지나가며 순간 따끔했다. 이제 정말 공부를 해야겠다는 생각에 정신이 번쩍 들었다. 아버지께서 적금해 놓으신 대학 등록금은 정작 아버지 병원비 등으로 다 쓰이고 남아있지 않았지만 그게 중요한 게 아니었다. 그때는 미처 몰랐었는데 아버지와의 이별은 내

각오를 다지는 계기가 됐다. 그래, 어떻게 되더라도 일단 공부는 해야 해….

그렇게 마음을 다잡았지만 현실은 날 가만히 놔두질 않았다. 우여곡절이 많았다. 우선 그때부터 가세가 기울기 시작했다. 아버지가 안 계시니 벌이가 줄어든 것이다. 난 열심히 각오를 다지는데도 거꾸로 시간이 흐를수록 공부에만 전념하긴 힘든 상황이 되어갔다. 결국 둘째형이 군 제대 후 참외농사를 시작했는데 그걸 공주공판장에 같이 내다 팔아 등록금이나 생활비 등 일부를 지원받기도 했었다. 그래도 나는 끝까지 공부를 해야겠다는 마음은 버리지 않았다. 아버지께서 밥상머리에서 늘 하시던 말씀처럼 열심히 공부하리라 다짐했다. 그리고 더욱 부지런히 살며 신의와 성실로 무장하리라 마음먹었다. 이 모두가 아버지께서 내게 주신 유언이자 교훈이기 때문이다.

슬픔을 딛고

내가 고등학교 입학과 함께 공주고등학교 야구부가 창단됐다. 지금은 너무 유명해진 김경문 국가대표감독이 당시 선수로 스카우트 되어 왔는데 내 1년 후배였다. 야구가 선풍적인 인기를 끌면서 우리도 응원연습을 많이 하게 됐는데 호남기배를 비롯해 다른 학교와의 경기에 나갈라치면 우린 신바람이 나서 응원연습에 매달렸다. 대전고교, 청주고교, 세광고교, 군산상고, 전주고교, 광주제일고교, 광주진흥고교 등이 우리의 호적수였다. 당연한 말이지만 야구선수들의 인기 역시 하늘을 찔렀는데 기억나는 일이 하나 있다.

"자 자 조용! 내일까지 모두들 집에 가서 쌀 한 봉지씩 가져온다. 알았지?"

"와, 선생님, 불우이웃돕기 합니까? 아직 겨울도 아닌데…."

"하하, 일단 가져와 봐. 내일 알려주마."

우린 영문도 모른 채 각자 집에서 쌀을 조금씩 퍼왔는데 나중에 알고 보니 이를 모아서 야구부에 전달하는 것이었다. 당시 전교생이 1,800명은 족히 됐으니까 쌀을 한 번 걷으면 15가마 정도 된다고 했는데 이 쌀 덕분인지 우리 공주고교는 내가 졸업한 바로 이듬해, 충남 최초로 대통령배 고교야구대회에서 덜컥 우승을 했다.

공주고 야구 우승

공주고가 배출한 야구선수

축제 중의 축제. 선수들 환영회는 그야말로 축제를 방불케 했다. 대전역 광장에서 성대하게 치러졌는데 마치 지금의 국제대회나 올림픽 우승 때처럼 흥분의 도가니였다. 그래서인지 내 고교시절을 돌이켜보면 공부와 야구응원밖에 기억이 안 날 정도로 야구를 좋아했었고 덕분에 난 지금도 야구를 즐겨 본다. 친구들 사이에서도 야구에 대해선 모르는 게 없을 정도로 척척박사 노릇을 하고 있다.

개인적으로 난 고3 때 학도호국단에 선발되기도 했다. 충청남도 시범 고등학교로 우리 공주고교가 선정됐는데, 공주시내의 모든 학교 학생들이 우리 학교 대운동장에 모여서 사열을 하고 총검술을 연습했던 기억이 있다. 일종의 교련훈련이었던 셈이다.

그렇게 재미있게 고등학교 시절을 보내고 난 무턱대고 서울로 향했다. 어떡하든 공부를 해야겠다는 생각이었고 공부를 하려면 서울로 가야 한다고 생각했다. 하지만 기댈 언덕 하나 없는 난 큰 도시 속에 점 하나에 불과했다. 하루하루 냉혹한 현실이 피부에 와닿았고 난 점점 더 초라해져가는 날 느끼게 됐다. 그나마 왕십리에 사는 큰누나와 매형이 버팀목이 되어줬다. 하숙집처럼 먹고 자며 공부했다. 그 큰 은혜를 어떻게 갚을 수 있을지 지금도 고민이다. 그런 내 생각은 아랑곳하지 않고 큰누님은 지금도 내 걱정뿐이다.

또다시 서울

안 좋은 일은 겹쳐서 온다고 하던가. 아버지 돌아가신 슬픔이 채 가시기도 전, 이번엔 어머니가 또 탈이 나시고 말았다. 원래 어머니는 술을 한 잔도 못 하시는 분이었다. 그런데 큰형이 군대를 간 것이 화근이 됐다. 당시 큰형은 이미 결혼도 하고 딸도 가진 상태에서 입대했는데 엎친 데 덮친 격으로 덜컥 베트남에 파병된 것이다. 그게 어머니의 걱정을 돋웠다. 술 한 잔 못 하시던 분이 갑자기 동네 분들과 막걸리를 드시기 시작했다. 그러면서 날로 건강이 나빠졌다. 못 드시던 술을 그렇게 드시자 머지않아 탈이 났다. 어머니도 간경화를 얻으면서 복부에 물이 차기 시작하였다. 뭐라도 해야 했다. 그때부터 난 어머니를 둘러메고 서울에 있는 큰 병원을 다니기 시작했다.

그땐 서울 불광동에 있는 김내과에 자주 갔는데 김내과 원장님이 우리 당숙아저씨였기 때문이다. 김광회 당숙이신데, 서울대학교 의과대학을 나온 의학박사였고 한일병원 원장도 두 차례나 역임하신 실력자셨다. 아저씨는 내가 어머니를 모시고 가면 퇴근 후에 진료해 주셨다. 그리곤 아저씨 집에서 며칠씩 기거할 수 있게 편의를 봐주시곤 했는데 사실상 개인 병실에 입원한 것이나 마찬가지였다. 물론 치료비도 일체 받지 않으셨다.

하지만 그런 정성에도 어머니 역시 병치레를 이기지 못하시고 몇 년 뒤 아버지 곁으로 가셨다. 내 나이 27살 때였다. 생각해 보니 아버지 때부터 줄곧 10여 년을 부모님 병간호하고 뒷바라지하며 보냈다. 그사이 사춘기도 언제 왔는지 모르게 지나가고 공부도 놓쳤다. 서울로, 병원으로 다니면서도 늘 혼자 고민하며 힘들어 흘린 눈물만도 족히 몇 동이는 될 것이다. 긴 병에 효자 없다고 했던가. 한창 공부할 나이에 아버지 어머니를 간호하느라 젊은 세월을 보내고, 또 두 분 다 돌아가시고 나니 상실감이 컸다.

하지만 부모님을 원망하거나 후회는 하지 않았다. 다행히 부모님은 나에게 건강한 몸과 마음을 주셨고, 적지 않은 재능 또한 나눠주시고 가셨다. 나는 한 단계 한 단계 성취하며 살기로 마음을 고쳐먹었다. 이후 나는 모든 걸 다 내려놓고 공무원 생활과 학업, 그리고 아이들을 키우는 데 전력을 다하며 살아왔다. 내가 만든 전봇대 이론인데 지금까지 쭉 그렇게 살아오고 있다.

너무 멀리 갈 위험을 감수하는 자만이
얼마나 멀리 갈 수 있는지 알 수 있다.

– T. S. 엘리엇 –
T. S. Eliot

Chapter 2

성인이 되어 내딛은 첫발

그래,
공무원이 되자!

지금의 서울 낙원상가 4층 즈음에 독서실이 하나 있었다. 난 거기서 먹고 자며 공부했다. 낮에는 학원에 가고 밤에는 그 독서실에 앉은 채로 먹고 자고를 반복했다. 지금도 잊지 못하는 추억이 하나 있는데 바로 라면밥이다. 당시 라면 한 그릇은 100원이었다. 거기에 공기밥을 하나 추가하면 50원을 더 내야 한다. 난 혼자 먹을 때는 주로 라면만 시켜 먹고 어쩌다 용돈 있는 친구와 함께일 때만 라면밥을 시켰다. 그때 나에게 라면밥을 사줬던 친구들은 여전히 친구로 지낸다. 황은연, 정대용, 윤용식, 오우선, 윤여흥 등 나의 친구들에게 이 글을 통해서나마 그 고마움을 전하고 싶다.

그렇게 열심히 공부한다고 했지만 사실 난 방황도 많이 했다. 학업에 대한 열망은 컸으나 주변 환경이 너무나 열악했기 때문이다. 어느덧 청년이 되어가는 무렵, 1979년 5월 스물한 살 때의 어느 날

	일반직	군인	경찰직	소방직	교정직
1급	고위공무원 가급 (구 관리관)	소장~준장	치안정감	소방정감	교정관리관
2급	고위공무원 나급 (구 이사관)	대령	치안감	소방감	교정이사관
3급	고위공무원 다급, 부이사관 (3급중 국장,기관장급)	중령	경무관	소방준감	교정부이사관
4급	서기관	소령	총경	소방정	교정감
5급	사무관	대위,중위	경정	소방령	교정관
6급	주사	소위	경위,경감	소방경	교감감
7급	주사보	준위, 원사	경사	소방위,소방장	교위
8급	서기	상사,중사	경장	소방교	교사
9급	서기보	하사	순경	소방사	교도

공무원 계급표

밤. 용산역 앞 광장 한쪽 모퉁이에 자리잡은 포장마차에 친구 두세 명과 함께 앉았다. 어묵 국물에 소주 한 잔씩 하면서 담소를 이어 갔다. 당시 진로를 두고 한창 고민 중이던 난 어렵게 이야기를 꺼냈다. 그럴 만도 한 게 난 대학교도 대학교지만 당장 돈을 벌어야 했기 때문이다. 안정되고 꾸준히 월급을 받을 수 있는 곳, 그래서 난 일찌감치 공무원시험을 염두에 두고 있던 터였다.

"애들아, 그런데 내가 말이야… 군대 가기 전에 9급 공무원 시험이라도 보고 싶은데… 너희들 생각은 어때?"

예상대로 친구들은 시큰둥했다. 머쓱해진 난 그냥 한번 해본 소리야 하고 넘겼다. 당시의 친구들은 거의 대부분의 청년들이 그렇듯 대학교에 뜻을 두고 있을 때여서 내 말이 무척 생뚱맞았을 것이다. 친구들의 공감은 얻어내지 못했지만 그렇다고 포기할 문제도 아니었다. 난 혼자서 정보를 찾아 나섰다. 매체가 많이 없던 때라 정보를 얻으려면 그야말로 발품을 팔아야 했다. 그렇게 부지런히 돌아다닌 끝에 공무원 시험 일정을 손에 넣게 됐다. 그러나 아뿔싸, 부랴부랴 공무원 시험일정을 살펴보니 모든 시험접수가 이미 마감된 뒤였다. 그래도 난 포기하지 않고 혹시나 하는 마음에 다시 한번 일정표를 봤다. 아, 한 개가 눈에 들어왔다. 전라북도교육위원회에서 9급 공무원을 뽑는 모집공고였다. 찬밥 더운밥 가릴 때가 아니었다. 홈쇼핑 마감 5분 전처럼 난 쫓기는 마음으로 접수했다.

첫 부임지
전라북도 김제군

1979년 6월 어느 늦은 밤. 서울 용산역에서 기차에 오른 나는 새벽 6시 즈음 전라북도 전주역에 도착했다. 밤을 꼬박 새고 몇 시간을 기차로 달려온 터라 내리자마자 배에서 꼬르륵 소리가 났다. 둘러보니 전주답게 콩나물국밥집이 제일 많이 보였다. 그중 한 곳을 눈대중으로 골라잡고 아침을 먹었다. 그 유명한 '전주콩나물국밥'. 그 맛은 지금도 잘 잊지 못할 정도로 너무나 달고 맛있었다.

전라북도교육위원회가 시행하는 공무원 시험이 그날의 내 목표였다. 이 시험 때문에 새벽부터 전주를 향한 기차에 몸을 실었다. 당일치기 여행이었다. 전주 시내에 있는 모 학교에서 공무원임용시험을 치르고 다시 부랴부랴 기차를 타고 서울로 왔다. 2개월 후에 결과가 발표됐는데 난 우수한 성적으로 합격했다. 그리고 드디어 1981년 7월 13일자로 9급 공무원 발령장을 받아들었다.

첫 부임지는 '전라북도 김제군 교육청'. 부서는 관리과. 서울서 출퇴근할 수는 없는 노릇이라 김제군 요촌리에 조그만 방 하나를 얻어 엄마를 모시고 같이 생활하게 되었다. 당시 건강이 썩 좋지 않았던 엄마는 하루 종일 아들이 일 마치고 집에 오기만 기다리셨다. 내가 집에 오면 그제야 엄마의 얼굴에 미소가 감돌았다. 그리고 옆에는 늘 밥상이 차려져 있었다. 엄마의 사랑을 올곧게 홀로 느껴서였을까, 지나고 보니 난 그때가 가장 행복했던 시기였던 듯하다.

김제군 교육청

1981년 7월, 첫 봉급을 받았다. 수령액은 약 12만 5천 원 정도였다. 그다지 큰돈은 아니었지만 나에겐 매우 의미가 있었는데 봉급보다 더 큰 사랑을 듬뿍 받았던 걸로 기억되기 때문이다. 김제군교육청에 근무하는 동안 나는 동료직원들의 사랑을 너무나 많이 받았다. 충청남도 공주 사람이 전라북도 김제에 와있으면 완벽한 객지나 마찬가지인데 텃세 하나 없이 우리 동네, 우리 집처럼 편하게 대해 주셨다.

뿐만 아니다. 우리는 직원 이상의 동료애가 있었다. 주말이면 동료직원들과 금산사, 백양사, 내장사, 망해사, 부안군 계화마을, 전주시 덕진공원 등 여행을 많이 하였다. 특히 류기현 관리과장님은 더욱 고마운 분이셨다. 전주시내 쪽에 살고 계셨는데 종종 나를 집으로 부르셨다. 가보면 늘 저녁상에 술상이 차려져있었다. 우린 편한 마음으로 저녁을 즐기고 또 맥주에 소주를 섞어서 술을 즐겼다.

"아, 전에 말이야…"

늘 이렇게 시작되는 류 과장님의 여담은 주로 전 근무지였던 충청남도교육청 서천군교육청에서 근무하시면서 있었던 추억들이었다. 늘 여유 있고 인생을 관조하는 듯한 멋스러움이 괜히 나오는 게 아니구나 느끼기도 했는데, 그 후임으로 오신 과장님과도 역시 추억이 많았다.

이재관 과장님은 서울대학교 농과대학교를 졸업하셨는데 유독 나에게 따뜻하게 대해 주셨다. 그때는 왜 그런지 잘 몰랐으나 가만 생각해 보니 아마도 내가 객지에서 고생한다고 생각해 더 짠한 마음이 드셨는지도 모르겠다, 어쨌든 이 과장님은 내가 서울특별시교육청으로 전보 발령이 났을 때에도 한사코 나와 같이 서울까지 올라오셨다. 처음엔 아마도 겸사겸사 서울 가실 일이 있나 보다 했는데 그게 아니었다. 서울시 교육청 근무 첫날, 교육청에 나타나셨다.

"실장님, 과장님! 우리 김태춘 선생, 잘 부탁드립니다. 일을 이만

저만 잘하시는 게 아닙니다. 잘 부탁드립니다!”

새로 근무할 부서장들인 기획실장과 과장에게 기어이 나를 직접 소개하고 칭찬까지 얹으시고 나서야 문을 나섰다. 이래저래 난 지금도 전라북도 김제시를 잊지 못한다.

고마우신 분들은 너무도 많은데 그중에서도 1983년 8월 당시 김제군교육청 관리과에 근무하시던 이봉휘 선생님과 현 교육부의 전신인 문교부 교육행정과에 계시던 김학인 선생님을 지금도 잊지 못한다. 두 분은 내가 서울특별시교육청으로 올 수 있도록 바로 옆에서 도와주신 형님들이기 때문이다. 내가 특별히 두 분을 잊지 못하는 데는 다 그럴 만한 이유가 있다. 사실, 내 인생은 서울로 오면서 많은 변화가 일어났다. 서울에 올라온 그 여름부터 4개월간을 일심으로 주경야독 매달려 대학입학고사 준비를 다시하게 된 결정적인 계기가 됐기 때문이다.

25대 1이라는 엄청난 경쟁을 뚫었다. 그리고 난 당당하게 ‘홍익대학교 상경대학 경영학과’에 합격하였다. 의과나 법과를 지원하지 않은 이유가 있었다. 그때는 트렌드가 또다시 바뀌어 있었다. 소위 인기학과가 법학과에서 경영학과로 이동하던 시기였다. 각종 산업이 발달하고 제조업들이 발달하면서 상경계열이 각광받던 시절이었다.

이때부터 나는 공무원과 학생이라는 이중 신분을 갖고 살아가기 시작했다. 내 삶 역시 눈코 뜰 새 없는 순간들의 연속이었는데 학사를 비롯해 석사, 박사 학위까지 취득하는 출발점이 됐다. 무엇보다 내가 하고 싶은 공부를 마음껏 할 수 있어서 그게 가장 좋았다.

한 가지 아련한 기억. 전라북도 김제군교육청 생활을 마감하고 지금의 익산역인 이리역에서 엄마와 함께 기차를 탔다. 그 이리역까지 나와서 작별인사를 하고 손을 흔들어 주시던 분들… 지금도 한 폭의 풍경화처럼 아름다운 추억으로 남아 있어 그때를 떠올릴 때마다 난 마음이 훈훈하다.

서울특별시 교육청에서

그렇게 내 서울생활은 시작됐다. 서울특별시 교육청에서 초등학교, 중학교, 고등학교 신설 업무가 내 첫 업무였다.

1981년 12월에 제정된 교육세법은 교육환경의 개선을 위한 교육시설 확충과 교원 처우개선의 재원을 확보하려는 목적세 성격의 조세제도였고 이제 막 도입되어 꽃을 피우려던 시점이었던 터라 업무는 날로 바쁘게 돌아갔다. 특히 지금은 많은 학교에 당연하듯 생기고 있는 실내체육관들이 있는데 이것이야말로 이때부터 신설된 교육세 덕분에 재정이 탄탄해진 게 한몫을 한 결과라고 할 수 있다.

난, 청와대, 국무총리실, 교육부, 서울특별시, 서울특별시교육청의 TF에 참여하여 신설학교의 학생수용계획 업무에 참여하였는데 서울 시내의 그린벨트를 해제하여 학교를 세우는 등 주로 현장조사를 다녔다. 특히 마포구에 위치한 서울성서초등학교, 성서중학교 등 서울 시내에 많은 학교를 신설 개교하는 사업에 참여했다.

재미있는 사실은, 이때에 세운 학교는 거의 대부분 언덕 위에 있다는 사실. 그래서인지 난 지금도 서울 시내를 다니다 보면 절로 기분이 좋아진다. 그래도 내가 교육발전에 조금이라도 기여했구나 하는 생각에 뿌듯한 마음이다. 개인적인 바람은, 앞으로는 대한민국의 발전을 위해서 (가칭)고등교육재정에 관한 특별세가 신설되어 각 대학교와 대학원에 더 많은 투자가 이루어지면 좋겠다는 생각을 한다. 대학교의 재정이 너무나 열악하기 때문이다.

서울시교육청

물난리

서울성서초등학교

서울시 교육청 근무 중 파견근무를 나가던 때가 있었다. 근무지는 성서초등학교. 성서초등학교는 1983년 12월에 설립 인가되어 1984년 3월부터 개교한 신설학교였는데 마포구 성산동 성미산 중턱에 세워진 학교라서 지대가 높았다. 이때 나는 일과 학업을 병행하던 때라 교육청의 특별한 배려로 1984년 여름부터 성서초등학교 행정실장으로 일하고 있었다.

같은 해 9월 3일 오후의 일이다. 당시 서울은 전날부터 이어진 세찬 비가 줄기차게 땅바닥을 때리고 있었다. 난 서울시 서부교육지원청에 외근을 나갔다가 성서초등학교로 돌아오는 길이었다. 시내버스를 타고 있었는데 라디오에서 긴박한 목소리로 뉴스가 흘러나왔다.

"주민 여러분, 신속하게 대피하시기 바랍니다. 현재 한강이 넘쳤습니다! 다시 한번 말씀드립니다. 주민 여러분! 신속히 대피해 주시기 바랍니다!"

처음에는 망원동 쪽에 자리한 한강 둑이 터진 줄 알았는데 나중에 알고 보니 마포구 망원유수지 수문이 터져서 일어난 사건이었다. 난 버스에서 내리자마자 뛰었다. 그리고 학교에 도착하자마자 교문을 활짝 열어 놓았다. 밀려오는 수재민을 받기 위해서였다. 상황은 이미 너무나 급박하게 돌아갔다. 30분도 채 걸리기 전에 도로는 무릎까지 물이 차오르기 시작했고 일부 망원동 주민들은 학교로 몰려들기 시작하였다. 오후 5시쯤에는 이미 학교의 교실 전체(약 40개 교실)와 복도가 수해를 입은 분들로 가득 찼다.

사실 나 역시 공무원을 시작한 지 이제 겨우 3년이 조금 지난 때였다. 경험도 없는 상태에서 그런 큰일을 겪게 되다 보니 많이 당황스러웠다. 하지만 나는 정신을 바짝 차리고 마음속으로 기도했다. 그리고 움직였다. 당시 선제환 교장 선생님, 송학규 교감 선생님과 협의했다.

"어쨌든 일단 피해를 보고 학교로 오신 분들인데 우리가 해줄 수 있는 건 해줘야 하지 않겠소?"
"네 맞습니다. 시설에 피해 가지 않는 한도 내에서 최대한 협조하겠습니다."

행정실장으로서 학교의 교육시설도 신경 써야 할 자리에 있었지만 사람이 우선이었다. 우린 회의 내용대로 급박하게 움직였다. 우선 망원동 주민들이 불편함이 없도록 가능한 모든 서비스를 제공하기로 결정했기 때문이다.

그러나 일은 그리 호락호락 뜻대로 되질 않았다. 오후부터 쏟아지는 행정업무 처리와 유관기관 등에서 밀려오는 민원 등을 처리하는 일만 해도 쉽지 않은데 거기다 수재민들의 식사문제, 잠자리문제 등 신경 써야 할 것이 한두 가지가 아니었다. 뿐만 아니다. 엎친 데 덮친 격으로 전국에서 수재민의 가족과 친지들이 학교로 찾아오기 시작했고 거기에 따른 민원도 시간이 지날수록 늘어나는 형편이었다. 게다가 몰려든 것은 수재민뿐이 아니었다. 잠시 후부터는 각 언론사 기자들이 수첩과 카메라를 들고 학교를 찾았다.

도로 사정은 그야말로 시간을 다투는 상황. 학교 앞 도로는 시위떠난 화살처럼 몰려오는 물로 통행 자체가 불가능했다. 사람은 물론이고 차들도 다닐 수가 없었다. 일시적으로 고립된 상황이었다. 급기야 보트를 타고 이동하는 상황이 되었다.

정작 문제는 늦은 밤 학교에서 터졌다. 수돗물이 끊겨버린 것이다. 수세식 화장실을 아예 사용하지 못하는 상황이 되자 난감해졌다. 물을 구할 곳을 찾아야 했다. 우린 소방서의 도움을 받기로 하고 협조 요청을 하였다. 다행히 소방서에서 협조요청이 받아들여졌다.

이내 급수차가 학교로 들어왔고 학교건물 옥상에 있는 물탱크에 물을 가득 넣었다. 화장실의 냄새가 사라지고 수세식 화장실은 정상을 되찾았다. 주민들을 비롯해 학교 안 모든 사람들이 만세를 불렀다. 정말이지 새삼 물의 필요성과 고마움을 알게 되었다.

1~2주 지나면서 학교에서는 부분적이나마 학교수업을 진행하려고 노력했다. 그러나 교실 환경은 이미 나빠질 대로 나빠진 상태였다. 어느 것 하나 성한 것이 없어 나중에는 북한에서도 수해 위문품이 도착할 정도였다. 그 한 달여를 나는 아예 학교 숙직실에서 지냈다. 학교업무뿐 아니라 망원동 주민들을 보살피고 수해민을 위로했다. 그들과 동고동락한 셈이다.

그 와중에도 추석이 찾아왔다. 그래서 1984년의 추석명절을 잊을 수가 없다. 우리 학교 측은 우선 교실 한 곳을 지정해 차례상을 차렸다. 그리고 주민들과 함께 차례를 올렸다. 평생 한 번 겪을까 말까 한 추억으로 남을 수밖에 없는 것이 주민들이 얼마나 고마워했는지 그 감사해하는 눈동자를 지금도 잊을 수 없기 때문이다.

그리고 10월 말이 되어 주민들은 모두 자택으로 돌아갈 수 있었다. 그러나 그 이후에도 우리 학교에서는 일이 끊이질 않았다. 아니 오히려 일이 시작됐다. 그동안 숙박시설처럼 운영되던 교육시설을 청소하고 페인트도 다시 칠하는 등 대대적인 수리에 들어가는 한편, 수업은 수업대로 정상수업을 진행해야 했다. 그렇게 서서히 안정을 찾아가던 어느 날, 학교 주변 망원동 지역에는 침수방지 시설과 이중수문이 설치됐다.

기억에 남는 일은 또 있다. 11월에 당시 마포구 용산구 지역구인 봉두완 국회의원이 학교로 공문을 보내왔다. 수재민 돕기에 헌신적으로 수고한 교직원 1명을 선정해 서울특별시 교육청 교육감 표창을 건의한다는 내용이었다. 이런 경우 대부분 학교에서는 교사 중에서 추천하는 것이 상례였다. 당연히 우리 학교도 교사 중에서 표창할 사람을 선발하기 시작했다. 그런데 선제환 교장선생님이 새로운 제안을 하셨다.

"자, 모두들 고생 많으셨습니다, 어쨌든 한 분을 뽑아야 하는데… 전 이번 난리에 사실 가장 수고를 많이 한 사람은 이분이라고 생각합니다."

교장선생님은 나를 가리켰다. 난 깜짝 놀랐다. 교사도 아닐뿐더러 다들 고생한 마당에 내가 받을 상이 아니라고 생각했기 때문이다. 그러나 그 생각은 나만의 생각이었고 모두들 교장선생님의 말씀에 동의하는 분위기였다. 감사하게도 그 상은 내게 주어졌다. 공무원 시작 3년 만에 처음으로 서울특별시교육청 구본석 교육감의 표창을 받아들었다. 선제환 교장선생님께 너무나 감사한 마음이 들었다. 그러면서 한편으로는 직장에서 열심히 일한 덕분에 인정받는구나 하는 뿌듯함을 처음 느끼게 되었다.

그 이후로도 난 38년간 공직에 있으면서 무슨 일이든 가리지 않고 주어진 일을 연구하고 생각하면서 성실하게 수행하였다. 같이 근무하는 선배, 동료직원들의 배려로 학업도 병행할 수 있었고 공무원 승진도 남보다 늦진 않았었다. 이 모든 것의 출발은 그때다. 즉 망원동 물난리 사건이 나의 마음속에 은연중에 자리 잡고 있었던 거 같다. 이러한 일은 내가 공부의 방향을 정하는 데도 영향을 끼쳤다. 학부에서는 경영학 등을 공부했지만 대학원에서는 사회복지학을 공부하였다. 타인을 위한 배려가 내 마음속에 자리 잡은 계기가 됐기 때문이다.

공직을 떠날 때 나는 망원동을 생각하며 내 호를 수운(水雲)으로 정했다. 물처럼 좋은 일을 하며 살아가자는 의미로 말이다.

徹夜의눈 쓸린 漢江水系 1,300里─'危機의물살, 헤쳤다

2日밤8時 11

望遠洞펌프

1984년 망원동 물난리 기사.

망원동 물난리 기사 1

東亞日報

서울 대홍수 2萬채침수 9萬명 緊急대피

서울모든學校휴교
罹災民 수업료免除
住宅 630萬원 融資
農地ha 88萬원지원
農資 1년 상환연기
業體세금減免·유예

死亡실종 百26

망원동 물난리 기사 2

유아기 때부터다

이미 주지의 사실이지만 과거 우리나라에서는 주로 가정에서 처음 자식교육이 이뤄졌고 근대의 신교육이 실시되기 전까지는 거의 서당만이 유일하게 교육기관으로서의 역할을 담당해 왔다. 그러다가 유치원이라는 개념이 본격적으로 국내에 소개되기 시작한 것은 마뜩치 않지만 일제 강점기 때였다. 근대화된 유아교육기관인 유치원은 이렇게 나라가 어려운 시기에 뿌리를 박고 우리 한반도의 격변하는 역사와 함께 발전해 왔다.

초창기에는 어린이를 교육하고 문화를 체험하는 데 더해 민족교육운동의 본거지로서의 역할도 했으며 광복 이후 대한민국 정부가 수립되면서부터는 우리 교육제도 속에 뿌리를 내리기 위해 끊임없이 노력하며 체제와 제도를 정비해 왔다. 그렇게 우리나라 유치원의 역사는 약 110여 년에 걸쳐 정치·경제·사회적 변화에 따라 성장해 왔다. 시대적으로 나눠보면 △유치원 성립기 △유치원의 제도적 기반 확립기 △유치원의 내적 기반 확립기 △유치원 확장기 △유치원 공교육화 추진기로 나눠볼 수 있다.

• 첫 도입 (1897~1945년)

근대교육기관으로서의 유치원은 상기한 대로 일본인들에 의해 소개됐다. 우리나라에 세워진 최초의 유치원은 1897년 일본인들이 그들 자녀를 교육하기 위해 부산에 세운 '부산유치원'이다. 이 유치원은 일본인 자녀만 입학할 수 있었고 일본인 교사에 의해 교육이 이뤄졌다. 두 번째 유치원은 '인천 기념공립 유치원'이다. 이 또한 1900년 일본 황태자의 결혼을 축하하기 위해 인천에 세워진 일본인 자녀들을 위한 유치원이었다.

정작 우리나라 어린이를 위한 최초의 유치원은 1909년 함경북도 경성군 나남읍에 설립된 '나남유치원'으로 원아는 한국인 60명이었는데 이마저 교사는 일본인이었다. 1911년에는 충무에 진명유치원이, 1913년에는 서울 인사동에 경성유치원이 설립됐다. 경성유치원은 한국인에 의해 설립된 한국인 어린이를 위한 최초의 유치원이지만 친일파 부유층의 자녀만이 입학할 수 있는 귀족 유치원으로 일본의 풍습과 예절, 그리고 일본어를 가르쳤다는 점에선 아쉬움이 남는다.

1914년에는 미국인 선교사 브라운 리가 이화학당 부설로 이화유치원을 설립했다. 이화유치원은 한국 어린이를 위해 유아교육 전문가가 교육한 최초의 유치원으로 진정한 의미에서의 한국 유치원의 시작이라고 볼 수 있으며 뒤이어 1916년에는 중앙대학교 부속 유치원의 모태인 중앙유치원이 설립됐다. 특히 중앙유치원은 3·1 독립운동의 민족대표 33인 중 한 사람인 박희도에 의해 만들어졌다는 점에서 그 의미가 남다르다.

이후 유치원과 원아 수는 폭발적으로 늘어났다. 1921년까지 전국에 47개의 유치원이 설립됐고 원아 수는 2,685명에 이르렀다. 1920년대는 3·1운동 이후의 문화정치와 회유적인 교육정책으로 인해 사립학교들이 활기를 찾기 시작했고 이에 따라 유치원 보급도 현저하게 늘어났기 때문이다.

• 제도적 기반 확립 (1945~1968년)

광복 후 대한민국 정부가 수립되면서 유치원 업무를 관장한 곳은 문교부의 보통교육국 초등교육과였다. 1949년에는 대한민국의 '교육법'이 공포됐으며 유치원의 교육 목적, 유치원의 교육 목표, 취원 연령 등 유치원에 관한 내용이 들어있었다. 하지만 구체적인 시행 규칙은 아직 마련되지 않은 상황이었다.

1950년에는 국립이나 공립유치원의 필요성을 인식하고 '국립유치원 설치 계획'을 발표했지만 6·25전쟁이 터지는 바람에 실행되지 못했다. 이후 1952년에는 전쟁으로 인해 미뤄졌던 '교육법 시행령'이 제정돼 유치원 설립인가와 원아 수, 보육과목, 보육일수 등을 구체적으로 제시할 수 있었다.

1962년에는 '유치원시설기준령'이 공포되고 해를 넘겨 1963년에 시행됐다. 이 기준령은 유치원의 위치, 시설과 설비, 원구 및 교구, 소방시설 등에 대한 최소한의 필요 설치 기준을 규정함으로써 그간 무질서하게 설치 운영되던 유치원의 교육환경을 개선하고 교육의 질적 향상을 위한 법적 근거가 됐다. 이와 같이 6·25전쟁 이후 1960년대까지는 교육법과 교육법 시행령, 유치원 시설 기준령과 같은 규정이 제정돼 유치원의 제도와 행정적인 기반을 마련한 시기였다. 하지만 외형적인 정비가 이뤄진 것에 비해 질적인 발전은 미약해 유치원교육과정 제정의 필요성이 대두되는 때이기도 했다.

• 내적기반 확립 (1969~1980년)

1969년은 국가적 차원에서의 유치원교육과정이 처음으로 제정된 시기다. 우리나라에 처음 유치원이 소개된 지 70년이 지난 후에야 이뤄진 일로 유치원교육이 흥미 중심, 경험 중심, 생활 중심의 교육이 돼야 한다는 점을 분명히 함으로써 유치원교육의 내적 기틀을 마련했다는 평가를 받고 있다.

이후 1970년 중반에 이르러 국가경제가 급속히 발전함에 따라 국민의 생활이 안정되고 사회구조와 가족기능도 변화하면서 유아교육의 중요성이 일반인에게까지 퍼져나갔다. 세계적인 추세도 마찬가지였다. 유네스코에서는 1970년에 '세계 교육의 해'를 선포했고 미국의 헤드스타트 운동, 영국의 플라우든 보고서 등 활발한 유아교육 확대 운동이 전개됐다.

이렇듯 나라 안팎으로 유아교육의 중요성이 확대됨에 따라 1976년에는 우리나라 최초의 공립유치원이 서울에 4곳, 부산에 1곳이 설치됐다. 또한 1969년 제1차 국가수준 유치원교육과정이 제정된 이후 10년 만인 1979년에 2차 유치원교육과정이 개정됐다. 이와 함께 사회와 정책의 변화에 따라 1981년(3차), 1987년(4차), 1992년(5차), 1998년(6차), 2007년(2007년 개정 유치원교육과정)에 개정됐고 2013년에는 표준보육과정과 통합된 3~5세 누리과정이 제정됐다.

특히 1981년 12월에 제정된 교육세법은 괄목할 만한 성장이었다. 교육환경의 개선을 위한 교육시설 확충과 교원 처우개선의 재원을 확보하려는 목적세 성격의 조세제도가 처음 도입되었다. 나는 1983년 서울특별시교육청에서 마련한 유아교육기관 확충사업에 참여하게 되어 유치원 교육기관이 대폭 확충되는 데 미약하나마 기여할 수 있었다.

유치원설립인가 기준이 완화되면서 임차시설에도 유치원 설립이 가능해졌다. 그래서 나는 유치원설립인가 신청이 접수되면 줄자를 갖고 다니면서 실내 면적 산출을 위해서 가로, 세로를 측정하기를 수도 없이 하였다.

• **확장기 (1981~2004년)**

그러던 것이 드디어 1980년대 제5공화국 정부가 들어서면서 유아교육을 국가의 주요 시책으로 삼아 그 중요성을 언급하기에 이르렀으며 이를 계기로 유아교육은 발전의 전환기를 맞이했다. 1980년 당시에 새마을 협동유아원의 업무를 관장하고 있던 내무부는 218개원의 새마을 협동유아원을 설립했고 1981년에는 대통령이 새해 국정연설에서 취학 전 교육강화방침을 발표함에 따라 보건사회부 산하의 어린이집을 흡수하면서 '새마을 협동유아원'이라는 이름이 '새마을 유아원'으로 바뀌었다.

1982년에는 유아교육을 확대하고 육성하기 위해 '유아교육진흥종합계획'을 수립했고 같은 해 12월 31일에는 '유아교육진흥법'을 제정, 공포했다. 이는 유아교육 관련 독립 법안이 처음으로 마련됐다는 점에서 의의가 크다. 유아교육에 대한 국가적인 관심에 힘입어 보통교육국 내에 '유아교육 담당관실'이 신설됨으로써 문교부 내에 유아교육을 총괄하는 부서가 처음 설립됐으며 시·도 교육위원회에 유아교육 담당 장학사들이 배치된 것도 이때다.

뿐만 아니라 당시 4원화돼 있었던 유아교육체제를 정비해 2원화했다. 보건사회부 관할의 어린이집, 농촌진흥청 관할의 농번기 탁아소, 내무부 관할의 새마을 협동유아원과 민간 유아원 등의 보육 관련 시설이 '새마을 유아원'으로 통합됨에 따라 우리나라 유아교육기관은 문교부가 주관하는 유치원과 내무부가 주관하는 새마을 유아원으로 이원화됐으며 이들 모두 유아교육진흥법의 적용을 받았다.

유아교육진흥법 제정 이후 유아교육은 급속히 확대되어 공·사립 유치원이 확충되었는데 특히 농·어촌지역은 초등학교 유휴교실을 이용한 병설유치원을 확대, 1983년에는 공립유치원의 수가 2,562개원에 이르렀다. 참고로 연도별 공·사립유치원 수의 변화를 보면 다음과 같다. 1980년 901개원, 1985년 6,242개원, 1995년 8,960개원, 2005년 8,275개원, 2014년 8,930개원, 2020년 8,705개원으로 대폭 증가되었음을 알 수 있다.

1991년에는 교육법 제146조 및 148조에서 '보육'이라는 단어가 '교육'으로 용어가 변경됐으며 유치원 취원 연령이 만 4세에서 3세로 낮춰졌다. 1991년 영유아보육법이 제정 공포되면서 새마을 유아원은 1993년까지 어린이집이나 유치원으로 전환하도록 했고 1994년부터는 새마을 유아원이 사라지게 됐다. 이로 인해 유아교육은 교육법과 유아교육진흥법에 의한 유치원, 영유아보육법에 의한 어린이집으로 이원화 체계가 구축되었다.

1993년에는 정부가 '2000년대를 향한 유아교육 장·단기 발전 방안'을 발표했다. 구체적인 내용은 유치원의 기간 학제화, 종일반 운영의 활성화, 초등학교와의 연계교육 강화, 유아교사 자격기준 강화, 5세 유아 무상교육, 3세 유아 교육정착, 교사 인건비 지원 등이었다.

1997년 이후 유아교육은 공교육 체제 확립을 위한 유아교육 개혁을 추진했다. 이를 위해 '유아교육법'을 여러 차례 국회에 상정하고자 했지만 보육시설과의 갈등 등으로 인해 무산됐다. 그 결과 1998년에 유아교육진흥법을 개정, 취학 전 1년간의 유치원 무상교육을 명시하는 것으로 유치원 공교육화의 시작을 알리게 되었고 2003년에는 유치원에서도 종일제를 실시해야 한다는 사회적 요구가 빗발치자 공립유치원에서 교육과 보육을 통합한 에듀케어를 시범 운영하게 되었다.

• 공교육화 추진 (2004 ~ 현재)

〈유아교육법 제정, '3~5세 누리과정' 실시〉

2004년 1월 29일 법 제정 논의를 공론화하기 시작한 지 7년 만에 '유아교육법'이 제정, 공포됐다. 유아교육법의 제정은 그간 교육법에서 정한 초·중등교육법의 적용을 받아오던 유치원이 초·중등학교와 분리된 학교법에 의해 적용을 받게 됐다는 점에서 의미가 크다. 이후 유아교육진흥법과 초·중등교육법에 있던 유치원 관련 내용들은 독립된 '유아교육법'에 모두 포함됐으며 유아교육진흥법은 폐지됐다.

또한 2004년 이후 유치원은 '유아교육법', 보육시설은 '영유아보육법'의 적용을 받고 있으며 별도의 교육과정과 교사교육을 실시하고 있다. 하지만 유아들에게 있어 교육과 보육이 별개가 될 수 없으며 유아교육과 보육의 통합 필요성이 제기됨에 따라 2005년 유아교육과 보육 관련 업무를 함께 행하는 국책연구기관인 '육아정책 개발센터'(2009년 육아정책연구소로 개칭)를 설립하게 됐다.

유아교육법의 시행에 따라 유아교육의 공교육 기반을 마련했으며 농·어촌지역은 물론 도시지역에도 초등학교 병설유치원과 단설 유치원이 증설됐다. 2007년부터는 유아교육의 공공성 확보와 유아교육의 질적 향상을 위해 공립유치원을 중심으로 시범적으로 유치원평가를 시행하기 시작했으며 2011년부터는 3년 단위로 2주기 평가를 진행하고 있다.

아울러 2010년 2월 교육과학기술부(현 교육부)는 유아교육선진화 방안을 발표해 유아교육에 대한 사교육비를 경감하고 선진화된 유아교육제도 구축을 통한 질 높은 교육 서비스를 제공하기 위해 정책을 선정 추진하고 있다. 이 일환으로 2012년부터는 만 5세 모든 유아들의 학비를 무상지원하고 있으며 3~4세 유아들까지 학비지원 대상을 확대하기에 이르렀다.

[참고] 유아교육개론(양서원)

보물찾기

그렇게 서울특별시 교육청에 근무하고 있던 1983년 늦은 봄 어느 날이다. 고등학교 친구 서장덕에게서 갑자기 연락이 왔다.

"태춘아, 일요일에 뭐해?"
"어, 아직 계획 없는데. 그냥 집에서 쉬겠지 뭐."
"그럼, 같이 대전이나 내려갈까?"
"대전, 어디 좋은 데 있어?"

마침 친척 결혼식이 있는데 혼자 가기도 심심하고, 친구끼리 같이 놀러가자는 내용이었다. 거절할 이유야 당연히 없었다.

"오케이, 오랜만에 바람이나 쐬러 가지 뭐."

그렇게 우리 둘은 대전으로 향했고 친구가 결혼식에 참석하는 동안 난 근처에서 기다리기로 했다. 마침 결혼식장 건물에 다방이 있어 그리로 들어가 차 한 잔 하고 있는데 그리 오래되지 않아 친구가 왔다.

"뭐 하고 있었어?"

"그냥 차 한 잔 마셨지 뭐. 금방 왔네?"

"응, 여기서 친구 한 명 더 만나기로 했거든. 괜찮으면 잠시 같이 보자구."

"아, 그래? 누군데?"

장덕인 누군지 끝내 얘기해 주질 않았다. 어차피 조금 있으면 누군지 알게 될 텐데 굳이 물어볼 필요 없다고 생각한 나 역시 그저 한담을 나누며 시간을 때우고 있었다. 잠시 후, 다방 문이 열리며 어떤 여성 한 분이 들어왔다. 딱히 예상한 바 없지만 그저 당연히 남자일 거라고 생각한 나는 순간 당황했으나 어차피 내 친구의 친구면 그냥 친구지 뭐 하는 생각으로 편하게 대했다. 그분 역시 우리 또래였고 밝은 성격이라 우린 편하게 차 한 잔 마시고 대전을 즐기기로 했다. 다방을 나와 장덕이 제안으로 보문산에 올랐다. 대전시내가 한눈에 들어오고 바람도 시원하게 불어 전형적인 5월의 날씨 속에 모처럼 기분 좋은 시간을 보냈는데 산에서 내려오자마자 장덕이가 이번엔 운동을 좀 제대로 해보자고 제안했다.

"운동? 야, 너 양복 입었잖아. 무슨 운동을 어떻게 하려구?"

"그냥 따라와. 할 수 있는 게 있어."

서장덕은 우릴 어느 건물로 데리고 들어갔는데 알고 보니 대전에서 가장 큰 건물인 동양백화점 건물이었고 그 건물 6층에 탁구장이 있었던 것이다. 탁구야말로 정말 남녀노소 누구나 부담 없이 즐길 수 있는 당시 가장 인기 있는 스포츠. 그저 가벼운 마음으로 시작했는데 서장덕의 친구분이 생각보다 탁구를 잘 쳐서 깜짝 놀랐다. 그렇게 하루 안에 대전에서 제일 높은 곳, 제일 큰 곳은 다 가본 셈이 됐다. 어느덧 저녁때가 되어 우린 대전역으로 향했고 대전역 근처 골목에서 저녁식사를 나누고 서장덕의 친구분과는 작별인사를 나눴다.

그 후 서장덕은 대학원에 진학해 석사장교로 군에 입대했는데 뒤늦게 연락처를 찾았으나 통 알 길이 없었다. 대전의 그 친구분이 생각났다. 혹시 친구니까 연락처를 알지 않을까 싶어 오랜만에 그 친구분께 연락해 봤다.

"잘 지내시죠? 혹시 장덕이 연락 안 됩니까? 제가 연락처가 없네요."

"아, 오빠요? 잠시만요. 주소 알려드릴게요."

"네? 오빠요? 친구분 아니세요?"

"호호, 장덕이 오빠, 저희 사촌오빠 되세요."

그 사촌동생의 성함은 서영숙이었는데 서장덕이 뭔가 염두에 두고 그날 불러낸 게 확실했다. 그렇게 서장덕의 은밀한 계획에 오랜만의 우연한 전화가 더해져 우릴 이었는지 그날 이후 우리는 종종 만남을 가져갔다. 서영숙 씨는 5남매 중 넷째였다. 아버님께서는 법원에서 근무하는 고위직 공무원이었는데 그래서인지 유복한 집안인 듯했고 서영숙 씨 본인도 곱게 자란 분이었다.

그렇게 서울과 대전을 오가며 만남을 이어가던 어느 가을날. 누구나 살면서 머릿속에 어떤 장면이나 순간이 콱 박히는 경험을 해 본 적 있을 텐데 내게는 그날이 바로 그런 날이었다. 서영숙 씨로부터 어머니와 여동생과 함께 계룡면에 있는 선영에 들를 것이라는 이야기를 우연히 듣게 됐다. 호기심이 발동한 난 현장(?)을 찾기로 결심했다. 서영숙 씨의 가족을 보고 싶은 마음도 컸고 서영숙 씨의 가족에게 나를 보이고 싶은 마음도 있었으리라. 어쨌든 가야겠다고 생각한 순간부터 희한하게 내 가슴은 마구 뛰기 시작했다. 그 며칠이 그렇게 정신없이 지나갔다.

드디어 디데이. 난 말끔하게 차려입고 계룡면 죽곡리 어느 마을로 무작정 찾아갔다. 정말이지 심장이 요동을 쳤다. 버스에서 내려 마을로 걸어 들어갔다. 사실 말이 그렇지, 지금처럼 휴대폰이 있는 것도 아니어서 말 한마디만 믿고 간 터라 만날 수 있을지 여부도 불투명한 상태였다. 설렘 반 기대 반으로 온 마을을 휘젓고 다녔다. 하지만 여자 세 명의 그림자는 어디에도 없었다. 별 생각이 다들었다. 장소를 잘못 들었나… 아니면 갑자기 무슨 일이 생겨 안 왔나… 그렇게 몇 시간이 흐르자 나도 슬슬 지쳐갔다. 오늘은 날이 아닌가 보다 하는 생각에 마을을 나가기로 했다. 이미 시간이 늦어 다시 서울까지 가려면 서둘러야 했다.

그렇게 터벅터벅 읍내를 지나 버스정류장으로 향하다 우연히 내 눈에 스쳐 지나가는 그림 하나. 저 멀리 논길 쪽에 한 무리의 그림자가 언뜻 보였다. 혹시나 하는 마음에 다시 그쪽으로 몇 걸음 움직여 확인했다. 멀지만 주파수 높은 여인들의 목소리와 함께 세 명의 모습이 뚜렷해졌다. 서영숙 씨였다. 더 가까이. 확인하고 또 확인했다. 맞았다. 가족끼리 즐겁게 이야기하며 콩닥콩닥 다가오는 모습에 내 가슴도 콩닥콩닥 뛰었다. 아, 서영숙 씨는 멋진 '카플리느(capeline)' 모자를 쓰고 있었다! 순간 그 모습이 너무나 아름답다고 느껴졌다. 그리고 처음으로 광고 속 멘트처럼 그녀가 내 마음속

카플리느 모자

에 들어왔다. 아마도 사랑이란 것이 싹트고 있었는지 모를 일이다. 1984년 가을의 일이다.

당시 서영숙 씨는 간호대학교를 졸업하고 대전에 위치한 동방생명 중부총국 의무실에 근무하고 있었다. 동방생명은 삼성생명의 전신이다. 어쨌든 그날 이후 우리 만남은 더 자주, 더 깊게 이어졌고 난 서울과 대전을 부지런히 오가며 사랑을 키웠다.

그리고 1985년 어느 봄. 여느 때처럼 대전에 있는 한밭다방에서 만나기로 한 날. 그날따라 난 굳은 의지와 긴장으로 무장하고 있었고 아무 것도 모르는 그녀는 특유의 인자한 미소와 더불어 다방문을 열고 들어오고 있었다. 그녀의 따뜻한 얼굴을 보는 순간 난 울컥했다. 지금도 왜 그랬는지 알 길 없으나 한 가지 분명했던 건 난 그녀와 남은 내 인생을 함께하기로 마음을 굳혔다는 사실. 난 지체 없이 무릎을 꿇었다.

"내 아내가 되어주겠소?"

무슨 말이 더 필요하랴. 그녀는 내게 웃어보였다. 나도 그때서야 얼굴에 웃음꽃이 피었는데 사실 마음속은 썩 그러진 못했다. 그도 그럴 것이 나는 결혼할 준비가 된 것은 아무 것도 없었기 때문이다. 그야말로 혈혈단신. 그저 생각이 굵어지던 무렵부터 아련하게 가족이라든가 식구에 대한 그리움을 가지고 있었고 그래서 기회가 되면 가정을 먼저 꾸려야겠다는 생각을 하고 있었을 뿐이다. 특히

신부

부모가 없어서 결혼도 못 하는구나 이런 소리도 듣기 싫었지만 무엇보다 내 인생의 최고 보물을 눈앞에서 놓치긴 더더욱 싫었다. 나에겐 그저 젊음과 패기만이 있었을 뿐이다. 그래서 요즘 말로 정말 영혼까지 끌어 모아 겨우 식을 올릴 수 있었다.

1985년 12월 22일 12시, 서울 마포구 서교동에 위치한 청기와 예식장에서 달성 서가 집안의 서영숙 씨와 백년가약을 맺고 결혼식을 올렸다. 결혼식 후에는 자리를 옮겨 친구들과 함께 파티를 즐겼다. 우이동 그린파크호텔이었는데 그날은 정말이지 하늘이 축복이라도 하듯 새하얀 함박눈이 펑펑 내렸다.

하지만 현실은 그리 새하얀 느낌이 아니었다. 신혼살림도 형제들이 조금씩 모아준 돈으로 서교동에 6백만 원에 방 한 칸짜리 전세를 얻어 겨우 시작할 수 있었다. 그도 그럴 것이 당시 난 공무원생활을 하면서 홍익대학교 상경대학 경영학과에 다니고 있었기 때문이다. 그래서 난 결혼 후에야 대학을 졸업할 수 있었고, 대학교 졸업식에 우리 큰아들 승현이가 자리를 같이했다.

하지만 아내는 결혼생활 내내 단 한마디 불평도 없었다. 오히려 결혼한 직후 한동안 집에 쌀이 없었다는 이야기를 나중에야 전해 듣고 얼마나 미안한 마음이 들었는지 모른다.

남자라면 누구나 그렇듯, 나 역시 미안하지만 조금만 참으면 된다는 생각이 동시에 들었다. 그래서 졸업하기 무섭게 몇 군데 회사에 지원했는데, 운이 좋았는지 대한항공과, 지금은 대그룹이 된 LG에 동시에 합격했다. 장인어른과 장모님께도 당연히 기쁜 소식을 전했고 우리 가족은 그때부터 즐거운 고민이 시작됐는데 정작 장모님께서는 아무래도 안정된 느낌을 좋아하셨는지 계속해서 공무원 쪽으로 진로를 잡는 게 어떠냐고 강하게 권하셨다. 난 다시 고민에 들어갔지만 친부모나 다름없이 애정을 주시는 처가의 권유 또한 뿌리칠 수 없었다.

그리고 그렇게 다시 들어선 공무원의 길을 2019년 6월 말까지 꼬박 38년간을 했으니 어찌 보면 장모님이 나를 보는 혜안이 적중한 때문이리라. 그러고 보니, 지금의 아내를 처음 만난 날 같이 올랐던 보문산. 보물이 묻혀있다 해서 보물산이라 불리다가 보문산으로 이름이 바뀌었다는데, 그 묻혀있던 보물을 찾아낸 게 바로 내가 되어버렸다.

성공은 아무 것도 아닌 그저 우연에 불과하다.
그러나 자신에 대한 확신을 갖는 것은 이와는 확실히 다르다.
그것이 바로 기개이다.

– 마리 레네루 –
Marie Leneru

Chapter

3

본격적인
서울대 사회생활

관악산,
나의 삶

관악산(冠岳山)은 서울특별시 관악구, 금천구와 경기도 안양시, 과천시 등 도시를 넘나들며 그 경계에 자리한 산이다. 관악이란 이름은 산의 모양이 마치 '삿갓(冠)'처럼 생겼다 해서 붙여진 이름인데 특히 관악산 최고봉인 연주대 불꽃바위는 해발 632m로 그리 높게 느껴지진 않지만 바위봉우리가 많고 계곡이 깊은 편이라 산세가 제법 느껴진다. 때문에 언제 찾더라도 산행의 재미를 톡톡히 느낄 수 있는데 지금도 한 해 평균 700만 명이 넘는 등산객이 찾는 산이다. 도심에서도 가깝고 교통 역시 편리해 서울시민에게도 없어서는 안 될 중요한 산임은 말할 나위도 없다.

이 관악산 정상에 올라 북서쪽을 바라보면, 세계적 수준의 대학인 국립 서울대학교의 관악캠퍼스가 한눈에 들어온다. 나는 이곳 대학본부를 중심으로 31년이라는 짧지 않은 세월을 서울대학교와 함께했고 여기서 나의 삶도 영글어갔다. 서울대학교에서 국가공무원으로 근무하면서 일반 행정업무뿐 아니라 교무, 학생, 연구, 기획, 대외, 국제

발전장학기금납부

교류 등 다양한 경험을 통해 많은 지식을 쌓아왔다. 특히 서울대의 각종 행정업무는 정부의 정책적 업무와 교류하면서 진행되는 특징이 있어 더욱 가능한 일이었다.

서울대학교에서 근무하면서 특히 신경 쓴 부분이 있다. 우리 서울대학교 학생들이 미국의 하버드, MIT, 스탠퍼드, 그리고 일본 도쿄대학교, 중국 베이징대학교 등 유수 대학교의 학생들보다 더 질 좋은 교육을 받고 훌륭한 사람으로 성장해 이 나라 대한민국을 이끌어주길 기대했다. 그리고 거기에 내가 다리를 놓는다는 심정으로 성실하게 일했다. 뿐만 아니라 "누가 조국의 미래를 묻거든, 고개를 들어 관악을 보게 하라"는 말을 항상 되새기면서 서울대학교에서 일하는 일꾼으로서의 책임의식과 소명의식을 잊은 적이 없다.

처음 인사발령을 받아 서울대학교에서 근무를 시작한 때가 1986년 2월 16일부터이다. 그간 모신 총장만 해도 한두 분이 아닌데, 제17대 박봉식 총장, 제18대 조완규 총장, 제19대 김종운 총장, 제20대 이수성 총장, 제21대 선우중호 총장, 제22대 이기준 총장, 제23대 정운찬 총장, 제24대 이장무 총장, 제25대 오연천 총장, 제26대 성낙인 총장, 제27대 오세정 총장을 지근거리에서 보필했고

그 길었던 역사와 많은 일 중에서 특히 관악캠퍼스, 연건캠퍼스, 평창캠퍼스, 시흥캠퍼스, 광교테크노밸리 캠퍼스의 조성, 교육·연구시설의 현대화 사업을 추진하면서 더욱 큰 보람을 느꼈다. 그저 이제 바라기는 앞으로 서울대학교의 모든 구성원들은 현실에 안주하지 말고 심기일전하여 학문의 성장과 국가를 위해 충분한 역할을 해 주길 바란다.

서울대 대학본부 사진

서울대관악캠퍼스

빛나는 지성의 공간
서울대학교 중앙도서관 관정관

서울대학교 중앙도서관 관정관

1974년 준공된 서울대학교 중앙도서관은 40여 년의 시간이 경과하며 노후화 및 공간 부족 문제로 이용에 어려움을 겪고 있었다. 2011년 제25대 오연천 총장과 박지향 관장은 낙후된 시설 개선을 위해 도서관 신축 모금 캠페인을 추진하였으며, 2012년 600억 원에 이르는 관정이종환교육재단과의 도서관 신축기금 기부 협약을 맺음으로써 본격적으로 사업이 진행되었다. 사업추진에 열정적이셨던 오연천 총장님의 교육에 대한 철학을 다시 엿볼 수 있는 계기가 되었었다. 국내 최대 규모의 장학재단 설립자인 이종환 회장은 서울대학교 발전을 통해 우리나라 학문 성장과 글로벌 인재 육성에 기여하고자 하셨다.

이후 모금캠페인 '서울대 도서관 친구들'과 내부 공간 및 시스템 재원 마련을 위해 추진한 '네이밍 캠페인'에는 서울대 교직원, 동문, 학생, 외부 인사 등 700여 명이 참여 100억 원이 넘는 기금이 모금되는 등 교내·외의 전폭적인 지원을 통해 2013년 5월 기공식을 시작으로 1년 9개월 만인 2015년 2월 관정관(연면적 57,747㎡, 17,468평)이 준공되었으며 본관에서 부족했던 개인 학습공간, 정보공유 및 단체교육, 멀티미디어 학습 공간이 대폭 확충하게 되었다.

중앙도서관은 관정관 신축으로 '본관'(구 중앙도서관)과 '관정관'으로 나뉘어 운영되고 있으며, 본관은 자료 중심 서비스 공간으로, 관정관은 첨단시설을 갖춘 이용자 맞춤형 공간으로 활용되고 있다.

오늘날 서울대학교 중앙도서관은 520만여 책의 단행본 자료와 26만여 종의 학술지, 전자저널, 23만여 점의 비도서 자료를 소장하여 국내 대학 도서관 중 최대의 장서와 규모를 갖췄을 뿐 아니라 IFLA(국제도서관협회연맹) 선정, '죽기 전에 봐야 할 도서관(1001 Libraries to see before you die)'에 등재되기도 하였다.

앞으로 서울대학교 경쟁력 강화의 초석으로서 대한민국을 넘어 세계를 이끌어 나갈 인재를 양성하고 지식정보의 허브로 발전해 가리라 기대한다.

차관(借款)

이미 다 아는 사실이지만 차관(借款)이란 한 나라의 정부나 기업, 은행이 외국 정부나 공적 기관으로부터 자금을 빌려 오는 것을 말한다. 공공차관(Public Loan, 公共借款)은 목적에 따라 정치목적에 한정되는 정치차관과 철도·고속도로 건설 또는 전력개발 등 경제적 목적에 사용되는 경제차관으로 나누어진다. 제2차 세계대전 이후 전쟁피해국의 부흥 또는 후진국 개발을 목적으로 설립된 국제통화기금, 세계은행으로부터의 융자도 차관이라고 한다. 공공차관은 차관기간이 비교적 장기이고, 자금용도는 특정한 목적에 엄격히 한정된다는 데 특징이 있다.

우리나라는 1959년 미국의 개발차관기금(DLF:Development Loan Fund)에 의한 첫 차관으로 동양시멘트가 설립되었으며 그 이후 지금까지 많은 차관을 도입하였는데 이는 국내자본과 외환보유액이 작고 한계가 있기 때문에 급속한 경제개발에서 필요한 자본을 충당하기 위해서였다.

우리나라는 처음 1959~1975년까지는 대외신뢰도가 없는 상태에서 무상원조가 그 주종을 이루었으나 시간이 흘러 무상원조가 점차 감소하면서 유상외자 도입을 추진하였다. 그 이후 1966년부터 1978년 사이에 경제개발계획의 추진과 투자재원의 조달을 위해 공공차관을 통해 외화자금의 양적인 확대를 추진하였다. 하지만 1979년에서 1991년 사이에는 경제체질에 대한 개선이 요구되고 대외 신인도의 제고를 목적으로 외자도입 방식을 다양화하게 하여 공공차관의 비중이 줄어들고 상업용 외화자금의 비중이 급격히 증가하였다. 특히, 1992년 이후 국내자본시장의 개방으로 자본시장의 국제화가 이루어지게 되었다.

우리나라 공공차관의 규모는 1966년에 6천만 달러 수준에서 점차 증가하여 1975년에 4억 7천만 달러, 1979년에는 11억 2천만 달러였다. 특히 1980년대 전반에 공공차관은 급격히 증가하여 1982년에 18억 6천 달러로 최대치를 기록하였다. 하지만 그 이후 공공차관의 규모는 급격히 하락하여 1997년 외환위기 이전까지는 약 4억 달러 수준에 머물다가 외환위기가 발생하면서 단기적으로 부족한 외화유동성을 메우기 위해 국제통화기금으로부터 공공차관을 차입하면서 공공차관의 규모는 다시 1997년에 53억 9천만 달러, 1998년에 51억 7천만 달러, 1999년 39억 1천만 달러에 달하는 등 다시 늘어나게 되었다. 그러던 것이 2000년 들어서 공공차관의 규모는 급격히 줄어들다가 2003년 1천8백만 달러를 끝으로 더 이상 기록에 나타나지 않게 되었는데 이는 공공차관의 역할을 민간 부문의 외화자금이 대체하였기 때문이다.

나는 1986년 2월, 서울특별시 교육청에서 국립 서울대학교 사무국으로 인사발령이 나서 자리를 이동하게 되었다. 관재과라는 부서에서 교육 분야의 차관업무를 담당하게 되었다. 자리를 옮길 때만 해도 최고의 대학교에서 일한다는 자부심에 마음이 살짝 들뜨기도 했는데 첫 출근부터 이런 기대는 산산조각이 났다. 우리나라에서 제일 좋은 대학인 서울대학교의 교육환경은 기대와 달리 매우 열악했었다. 특히 이공계인 자연과학대학, 공과대학, 의과대학, 약학대학, 치과대학 등의 연구용 실험 실습실의 기자재는 더욱 열악했다. 물론 정부도 노력은 하고 있었다. 그때쯤 정부에서는 교육 분야에도 차관을 도입하여 고등교육기관의 연구용 실험실 환경을 대폭 개선하는 사업을 추진하고 있었다.

당시 차관업무는 공무원들이 좋아하는 업무는 아니었나 보다. 내가 그렇게 생각한 이유는 나처럼 외부에서 오는 신출내기 공무원에게 그 업무가 배정됐기 때문이다. 공문서 자체도 처음부터 끝까지 모두 영어로 되어 있어서 일반 공무원들이 골치가 아프다며 기피하는 업무로 생각되었다. 실제 그랬다. 나 역시 업무를 인수인계를 받고 보니 걱정이 많이 됐다. 업무내용은 대부분 외국에서 실험

실습기자재와 시약을 구매하는 것으로 영어도 능숙해야 하지만 도입 절차 또한 매우 까다로웠다. 그렇다고 팔짱만 낀 채로 있을 수도 없었다. 난 준비에 들어갔다. 우선 영어로 된 전문용어를 찾아보면서 업무를 파악하기 시작하였다. 다행히 그때의 난 영어공부를 계속하고 있었던 터라 업무를 파악하기까지 그리 오래 걸리진 않았다.

공공차관 종류는 제1차에서 제5차까지 IBRD차관(International Bank for Reconstruction and Development, 국제부흥개발은행), ADB(Asian Development Bank, 아시아개발은행)차관, OECF(Overseas Economic Cooperation Fund, 해외경제협력기금)차관, AID(Act for International Development loan)차관 등을 다루었다.

이러한 차관사업으로 인해 국립 서울대학교의 연구용 실험 실습실의 환경은 기본은 갖춘 셈이 됐다. 그리고 이제 어느덧 한 세대가 또 흘렀다. 이후 우리나라의 경제가 성장하면서 국가의 예산이 더 투입되고 또한 대기업의 지원과 협조로 지금은 명실공히 세계적인 수준의 대학으로 발전하였으며 현재 서울대학교에서 도입한 차관은 2010년도에 모두 상환하였다. 한 가지 바람이 있다면 서울대학교에 고가의 실험실습 장비가 계속 투입되어 그 연구결과로 머지않은 미래, 우리나라에서 노벨상 수상자가 나오길 기대할 따름이다.

장례식

1987년이었다. 당시 난 서울대학교에서 학생지도업무를 담당하고 있었는데 그때는 바야흐로 민주화의 물결이 넘실대던 때였다. 더욱이 학교는 그 선봉장 역할을 하던 때였고 군사정권에 저항하는 대학생들의 데모가 매일 일어나고 있었다. 정부는 이에 강경하게 대응하던 때였고 그래서 날로 긴장이 높아가던 시기였다.

급기야 일이 터졌다. 1987년 6월 9일 연세대학교 정문 앞에서 시위 중이던 연세대 학생 이한열 군이 경찰 최루탄을 머리에 맞고 쓰러지는 사건이 발생했다. 다음 날 열릴 예정인 '고문살인 은폐 규탄 및 호헌 철폐 국민대회'를 앞두고 연세대에서 열린 '6·10대회 출정을 위한 연세인 결의대회' 시위 도중 전투경찰이 쏜 최루탄에 뒷머리를 맞은 것이다. 이한열군은 거의 한 달 동안 사경을 헤매다가 7월 5일 22살의 나이에 사망했다.

1987년 7월 9일 그의 장례식은 '민주국민장(民主國民葬)'이라는 이름으로 진행되었는데, 연세대학교 본관 → 신촌로터리 → 서울시청 앞 → 광주 5·18묘역의 순으로 이동되며 진행되었다. 당시 추모 인파는 서울 100만, 광주 50만 등 전국적으로 총 160만 명이었다고 한다.

연세대 정문

서울시청 앞

대낮에 길거리에서 한 청년이 죽음에 이르게 되었다는 점에서, 박종철 고문치사 사건과 함께 전두환 정권의 잔인성에 대해 전 국민이 분노하는 계기가 됐고 이를 계기로 6월 항쟁이 걷잡을 수 없이 격해지기 시작했다. 이후 고조된 민주화의 열기는 6.10 항쟁으로 이어졌고 사실상 군사정권의 항복 선언인 6.29 선언을 끝내 이끌어내게 되었다.

난 1987년 7월 9일 이한열 장례식장에 참석하였다. 서울대학교 학생 7백여 명과 함께였는데 서울대학교 학생들을 보호하고 현장에서 학생들을 지도하기 위해서였다. 그 장례식장에서 난 일생 처음 겪는 광경을 목격했다. 학생뿐 아니라 시민들까지 합류한 그야말로 범국민적 행사가 되어 거리는 그야말로 사람들로 가득 찼다. 길뿐 아니다. 모든 건물마다 창과 옥상에 사람들 꽃이 피어났다. 난 태어나서 한꺼번에 그렇게 많은 사람을 본 적이 없었던 터라 그 많은 인파 자체로도 감동이 밀려왔다.

그러나 어떤 일이든 한 번에 이루어지는 일은 없는 법. 그전에도 안타깝고 슬픈 일들은 또 있었다. 서울대학교에는 중앙도서관 앞에 '아크로폴리스'라는 광장이 있다. 이 광장은 학생들이 가득 모이면 족히 1만 명은 들어가는 곳이라 늘 학생들의 집회가 열리는 민주주의 광장이며 놀이터였다.

특히 1980년대는 민주화의 거센 열기로 거의 매일 학생들의 집회가 이곳에서 열렸다. 증명이라도 하듯 이곳에서도 슬픈 역사는 있었다. 1986년 5월 20일 오후 2시경. 아크로폴리스에서는 광주항쟁의 민족사적 재조명이라는 기치를 내걸고 학생들이 만든 축제 '5월제'가 열리고 있었다. 초청되어 온 문익환 목사의 열띤 연설이 한창일 무렵 갑자기 비명소리가 들렸다. 학생들이 웅성거리더니 한곳으로 달려가기 시작했고 옆 건물 앞에 학생들이 몰려있었다. 알고 보니 연설 도중, 학생 한 명이 건물에서 뛰어내린 사건이었다. 이 사건은 1987년 6월 항쟁의 중요한 계기로 작용하게 됐고 결국 그 해 민주화운동의 촉매제 역할을 했다.

그렇게 꽃다운 나이에 세상과 이별한 고 이동수 학생 사건. 그 밖에도 1986년 4월 28일 신림사거리에서 전방 입소 반대 투쟁을 벌이며 분신자살한 서울대 이재호, 김세진 사건. 또 1986년 6월 22일 부산송도 앞바다에서 몸에 돌을 매단 시신으로 발견된 김성수 학생 사건. 1987년 1월 14일, 서울대학교 박종철 고문 사망 사건 등. 지면을 빌어서나마 고인들의 명복을 빌며 이런 안타까운 역사가 다시는 반복되는 일이 없기를 바랄 뿐이다.

신기술창업네트워크

서울대학교에서 근무하면서 몇 차례 보직이 바뀌었는데 그중의 하나가 공학연구소였다. 난 1999년부터 약 4년간 서울대학교 공과대학 공학연구소에서 신기술창업네트워크 관련 업무를 하였다. 당시 신기술창업네트워크센터의 소장은 공과대학교의 이준식 교수였는데 이준식 교수는 나중에 교육부장관 겸 사회부총리를 역임한 분이다.

신기술창업네트워크는 쉽게 이야기해서 벤처기업을 육성하는 업무다. 당시 김대중 정부의 핵심정책이기도 했는데 지식경제부(현 산업통상자원부), 과학기술부(현 과학기술정보통신부), 중소기업청(현 중소기업부)들과 공동으로 서울, 경기지역의 약 5백여 개 벤처기업을 지원 육성하는 업무이다. 특히 서울대학교 신기술창업네트워크 센터에서는 서울, 경기 지역을 총괄해 지원하는 심장부 역할을 수행

신기술창업네트워크

했다. 그 예로, 서울대 실험실 벤처1호 박희재 교수는 SNU PRECISION 벤처기업을 창업해 건실한 중견기업으로 성장시켰다. 이 회사가 우리나라의 경제성장에 크게 기여하였으며, 고용창출에도 크게 기여하고 있음은 틀림없는 사실이다.

6.15 남북 공동선언

2000년은 우리 민족에게는 정말 잊을 수 없는 해이다. 조국의 평화적 통일을 염원하는 온 겨레의 숭고한 뜻에 따라 우리 김대중 대통령과 조선민주주의인민공화국 김정일 국방위원장이 처음 만난 해이기 때문이다.

2000년 6월 13일부터 6월 15일까지 3일간이었다. 당시 김대중 대통령은 평양으로 날아갔다. 다른 곳도 아닌 평양에서 역사적인 상봉을 하고 정상회담까지 나눴다. 남, 북 정상은 분단 역사상 최초로 열린 이번 상봉과 회담이 서로 이해를 증진시키고 남북관계를 발전시키며 평화 통일을 실현하는 데 중대한 의의를 갖는다고 평가하고 다음과 같이 선언한다.

① 남과 북은 나라의 통일 문제를 그 주인인 우리 민족끼리 서로

힘을 합쳐 자주적으로 해결해 나가기로 하였다.

② 남과 북은 나라의 통일을 위한 남측의 연합제안과 북측의 낮은 단계의 연방제안이 서로 공통성이 있다고 인정하고, 앞으로 이 방향에서 통일을 지향시켜 나가기로 하였다.

③ 남과 북은 올해 8 · 15에 즈음하여 흩어진 가족, 친척 방문단을 교환하며 비전향 장기수 문제를 해결하는 등 인도적 문제를 조속히 풀어 나가기로 하였다.

④ 남과 북은 경제 협력을 통하여 민족 경제를 균형적으로 발전시키고 사회·문화·체육·보건·환경 등 제반 분야의 협력과 교류를 활성화하여 서로의 신뢰를 다져 나가기로 하였다.

⑤ 남과 북은 이상과 같은 합의 사항을 조속히 실천에 옮기기 위하여 빠른 시일 안에 당국 사이의 대화를 개최하기로 하였다.

후에 김대중 대통령은 김정일 국방위원장이 서울을 방문하도록 정중히 초청하였으며 김정일 국방위원장은 추후 적절한 시기에 서울을 방문하기로 하였다.

대한민국 김대중 대통령과 조선민주주의인민공화국 김정일 국방위원장이 2000년 6월 13일부터 6월 15일까지 2박 3일 동안 평양에서 남북정상회담을 진행하고 마지막 날 발표한 선언이다. 통일문제의 자주적 해결을 선언하고 남북의 통일 방안에 공통성이 있음을 인정하며 경제협력을 비롯한 교류 활성화에 합의했다. 이 정상회담은 1948년 한반도 분단 이후 남북의 대표가 만난 첫 번째

회담이다. 김대중 대통령은 이 정상회담과 햇볕정책을 통해 한반도 평화를 증진시킨 공로로 2000년 노벨 평화상을 받았다.

그러나 정작 일이 터진 것은 그로부터 두 해가 흐른 뒤인 2002년이다. 이 6.15 남북공동선언을 기념하는 탑이 서울대학교 정문 근처 잔디밭에 세워졌다. 대리석으로 만든 탑으로 높이 약 4미터 크기로 그럴듯하게 올라갔는데 문제는 그 다음에 생겼다. 학내는 물론이고 서울대학교 총동창회에서 먼저 항의가 빗발쳤다. 반말은 기본이었다.

"야, 여기가 서울대지 김일성대야?"
"아니, 학교에서 대놓고 무슨 짓들이야, 지금?"

615 남북 공동선언 탑

학교는 학교대로 허가 없이 세운 탑을 그냥 둘 수 없다는 원칙을 밝혔고 이는 실제 탑 철거로 이어졌다. 학생처가 학생들과의 마찰을 고려해 새벽시간에 철거하려 한 것이 오히려 학생들의 분노를 촉발했다. 새벽에도 학생들이 탑을 지키는 양상이 되어갔고 이후에도 학교 측에서 몇 번 더 철거를 시도하는 바람에 탑 하나를 놓고 학내에 긴장이 감돌았다. 당시 언론기사는 이를 잘 대변하고 있다. 2002년 10월 19일자 기사다.

> "서울대 6.15기념탑 강제 철거 / (서울=연합뉴스) 이상훈 기자 = 서울대가 학생들이 설치한 6.15 기념탑을 무허가 조형물이라는 이유로 강제 철거를 시도, 학생들이 강력히 반발하고 나섰다."

서울대학교 대학본부는 19일 오전 5시 정문 근처 잔디밭에 세워져 있던 6.15 기념탑을 교직원 2명과 인부 3명, 크레인 등을 동원해 철거해 트럭에 실으려다 학생들의 제지로 중단했으며, 이 과정에서 기념탑 모서리 부분 등이 파손됐다.

높이 4m, 세로 2.7m 규모의 이 기념탑은 6.15 남북공동선언 2주년을 기념하기 위해 학생들로 구성된 '6.15 2주년 기념행사준비위원회'가 지난 8월 학생 모금을 통해 세운 것이다. 그러나 대학본부측은 "기념탑이 승인받지 않은 무허가 조형물인 데다 교육환경을 저해하고 있다"며 학생들에게 자진 철거를 요구해 왔다.

학생들은 "모금을 통해 제작한 기념탑을, 더구나 아무도 없는 새벽에 몰래 철거한 것은 철거의 명분이 약하다는 것을 스스로 인정하는 셈"이라며 "학교 측에 분명히 책임을 물을 것"이라고 말했다. 지난해에도 학교 측은 학생들이 자체적으로 설치한 6.15 기념탑을 미승인을 이유로 철거했으며 학생들이 이에 반발해 항의농성을 벌였다.

사태가 이 정도로 급박하게 돌아가자 날로 긴장감이 높아만 가고 학교가 안팎으로 연일 떠들썩해 일단 모양새가 좋지 않았다. 당시 난 학생처에서 학생지도 업무를 담당하고 있던 때였는데 분위기가 갈수록 험악해지자 학교가 이래선 안 되겠다 싶은 생각이 들었다. 뭐든 일단 해야 했다.

"우리 일단 이야기 좀 해봅시다."
"무슨 얘기요?"

NL계열 학생대표를 불러 대화를 시도하려 했으나 만만치가 않았다. 그들 역시 탑을 둘러싼 일대 사건으로 이미 독이 오를 대로 올라 있었다.

"자, 그럼 말 한마디 안 할 테니까 삼겹살이나 같이 먹읍시다. 학교 안에서. 건전하게. 어때요? 내가 술도 쪼금 준비해 놓을 테니까. 삼겹살에 그냥 소주 한잔. 올 수 있는 사람 다 오라 해요."

작전을 바꾸자 대답도 달라졌다. 적어도 한국에서 같이 밥이나 먹자는데 싫다고 말할 사람 몇이나 되랴. 대략 20명 정도 데리고 올 수 있다는 이야길 듣자마자 난 준비에 들어갔다. 약속 당일, 낙성대 입구 백상식당을 빌려 30명 정도가 넉넉히 먹을 수 있게 삼겹살과 소주를 사다 깔아놓고 기다렸다. 약속대로 20여 명이 왔다. 일단 잔치분위기를 조성했다.

"자 자, 우리 학생들, 그동안 수고 많았습니다. 학교 측에서 조금이라도 위로하고자 마련한 자리니 그냥 편하게 즐겨주시면 되겠습니다. 자, 건배!"

술이 일순배 돌고 노릇노릇 고기가 들어가자 분위기도 노릇해지고 긴장들이 풀렸다. 한쪽 테이블에 자리를 잡고 난 학생대표와 앉았다.

"탑을 학교에 두고 싶은 거죠?"
"네, 당연합니다. 둬서 안 된다는 겁니까?"
"아, 아니요. 맞습니다. 당연히 학교에 둬야죠. 말 그대로 학교에 둡시다. 대신에 장소만 좀 옮겨봅시다. 학교 안에서요."

탑을 없애자, 부숴버리자 난리통을 겪은 학생들은 탑을 학교에 두자는 내 말에 거부감은 없었는지 잠시 의견을 나누더니 한결 차분한 대답이 돌아왔다.

"…그럼, 어디요?"

"바로 정하진 말고 일단 한두 달 학교 안에 보관해 뒀다가 더 좋은 장소를 찾아봅시다. 아니 우리 학교 이렇게 넓은데 탑 둘 곳 한 군데 없을까요?"

결국 두 달 뒤 공대 33동 앞 연못주변으로 장소가 확정됐다. 당시에 다리 아래에 있는 연못을 메워서 테니스장 4면을 조성하려는 사업이 진행되고 있었다. 나는 황지현 시설관리국장께 현황을 보고하여 테니스장 1면을 줄여서 탑 부지로 제공하였다. 50여 평 부지를 확보해 탑을 원형 그대로 옮겼다. 뿐만 아니라 학생들에 시민단체, 언론까지 같이 불러서 약 5백여 명이 참석한 가운데 별도의 제막식을 성대하게 거행했다. 그리고 나서 그 탑을 둘러싼 모든 잡음은 뚝 끊어졌다. 지금도 그 6.15기념탑은 그 자리에 그대로 서 있으며 테니스장은 3면이다.

사실 이런 좋은 결과로 이어질 수 있었던 것은 그전부터 사전연습(?)이랄까 나름 성실하게 준비해 온 덕분도 있었다. 아까 밝혔듯이 난 그해 2월부터 서울대학교 학생처에서 학생지도 업무를 담당하게 됐는데 내가 제일 처음 시도한 건 패러다임 전환이었다. 그때까지만 해도 학교와 학생들의 관계는 그다지 대등한 관계도 아니었을뿐더러 학교가 학생을 대하는 자세 역시 썩 민주적이지 않았다. 기관 대 개인, 혹은 고령자 대 어린 학생으로 보는 시각이 많았던 터라 이런 큰일이 있을 경우 마찰이 생기면 더 걷잡을 수 없이 퍼지는 경우가 많았다. 난 그 부분부터 집중했다. 학생들과의 대화를 더 자주 마련하고 학생지도의 방법 자체를 바꿀 때가 됐다고 판단했다.

사실, 학교에서의 학생지도는 수업을 제외한 모든 것을 의미한다. 주로 학생들의 활동영역이 여기에 포함되는데 작게는 교내 동아리 활동, 축제 등 각종 학생행사부터 넓게는 총학생회와의 관계, 운동권학생 처우문제, 농촌봉사활동, 그리고 학생에 대한 포상 및 징계 등이 모두 포함된다. 시대도 많이 바뀌었다. 당장 학생들이 정치판을 뒤흔들 정도로 목소리가 커졌고 실제 그들의 영향력으로 민주화가 진행되는 마당이다. 학생들을 다스리는 정책이 아니라 그들을 섬겨야 한다고 생각했다. 여기까지 판단이 끝나자 난 지체 없이 이를 정리해서 윗선에 보고했다.

"학생들에게 '섬김의 리더십'이라… 나쁘지 않은데요?"

"네, 그렇습니다. 이젠 정말 우리부터 인식을 바꿔야 할 때라고 생각합니다."

"흠… 알겠습니다. 자료 보강해서 바로 총장님께 보고합시다."

이미나 당시 학생처장은 내 보고서를 검토하시더니 흔쾌히 진행하자고 승낙하셨으며, 이 보고서는 며칠 후 총장이 주재하는 확대간부회의에서 보고되었다. 물론 나도 그 자리에 있었다. 정운찬 총장으로부터 오케이 사인이 나왔다. 여기까지만 해도 당시로선 학내에 신선한 충격이었다.

당시 총학생회는 주지의 사실이지만 민주화의 열풍 탓에 대부분 운동권 학생들이 주축이었다. 우리 학교도 예외는 아니었고 그들은 학교나 정부에 불만이 많은 상태였다. 나는 학생주임으로서 우선, 소통을 강화하는 데 중점을 두었다. 학생들의 고충을 경청하고 이해하고 과감하게 도와주었다. 그렇게 차근차근 몇 달이 흐르자 총학생회는 물론이고 학생들과도 친밀감이 형성되기 시작했다. 당연히 학생들도 좋아했다. 당시로서는 사실 총학생회와 학교 측이 대화한다는 건 상상도 못 할 일이었기 때문이다. 어쨌든 이런 시도가 발판이 되어 이후 학교와 학생들의 관계는 무럭무럭 나무 커가듯 성장해 갔다.

총장과의 공개대화

정운찬 총장

내친 김에 난 이러한 계획들에 조금 더 명분을 쌓고 하나의 전통을 마련하고 싶었다. 지금은 너무나 흔해진 민주적 소통방식 중의 하나이지만 당시만 해도 이런 일은 흔치 않았다. 더구나 학내에서는 어림없는 말이었다.

2002년 어느 가을날. 당시 난 학생주임으로 재직할 때였는데 과감하게 행사 하나를 마련했다. 바로 총장과의 공개대화. 장소는 적당히 커야 하므로 문화관 중강당으로 점찍어놓고 준비해 나갔다. 그러나 마뜩치 않아하는 시선은 내부에서 먼저 나왔다.

"학생주임님, 아니 그러다가 총장님 갇히기라도 하시면 당신이 책임질 거요?"

"물론 그럴 수도 있겠지만 학생들과 진정으로 소통하려면 이 방법밖에 없습니다. 벽을 깨야 하지 않겠습니까. 지금도 이렇게 서로 믿지 못해 아우성인데 서로 얼굴 보고 말 한마디 못 하는 관계라면 더욱 나빠지지 않겠습니까?"

당시만 해도 총학생회는 거의 운동권학생들로 포진돼 있었던 데다 민주화운동 탓에 늘 과격하고 데모만 한다는 인상이 강했던 때였다. 그래서인지 저항감은 교직원들 사이에서 더 크게 일어났다. 하지만 난 소신을 굽히지 않았다. 신뢰구축만이 정답이고 신뢰를 쌓는 방법은 그저 서로 시간 내서 대화해 보면 될 일. 난 밀어붙였다.

사실 장소도 섭외하고 총장님의 재가도 이미 받아놓은 상태여서 당연한 듯 행사준비를 해나갔지만 과연 학생들이 몇 명이나 올지도 관심이 쏠렸다. 말 그대로 총장과의 공개대화인데 학생들이 거부한다면 아무 의미 없는 일이기 때문이다. 그렇다고 물건 팔듯 전단을 돌리며 홍보할 수도 없는 노릇. 그저 기도하는 마음으로 조용히 준비해 나갔다.

그리고 드디어 당일. 아침 일찍부터 중강당을 정비하고 행사를 준비하고 있었다. 시간이 다 돼 가는데도 별 소음이 없고 조용했다.

'그래, 첫술에 배부를 순 없지. 단 몇 명만 오더라도 감사하자. 이렇게 물꼬를 터가는 거지, 뭐.'

애써 위로하며 준비하고 있었는데 갑자기 직원 한 명이 소리쳤다.

"어, 어…? 주임님, 저기요, 생각보다 많이 오는데요."
"뭐, 어디?"
"저기요."

그가 가리킨 손끝을 따라가 보니 학생들이 중강당으로 몰려오는 모습이 보였다. 얼핏 봐도 수백 명은 돼보였다. 졸지에 마음이 바빠졌다. 이제 대화만, 대화만 순조롭게 되면 되겠구나… 하는 생각이 들었다. 행사가 시작됐다. 이미나 학생처장님과 총학생회장이 나란히 서서 사회를 봤다. 행사가 막 시작될 무렵, 중강당 문이 열려 있길래 닫으러 갔는데 닫을 수가 없었다. 학생들이 복도에까지 몰려 넘쳐나고 있었기 때문이었다. 나중에 알고 보니 그날 참석인원은 줄잡아 7백여 명이 넘었다. 서울대학교 개교 이래 처음 있는 일이었다. 학생들의 분위기도 좋았다. 그들로서도 이런 일은 처음

이리라.

그날 학생들은 그야말로 봇물 터지듯 주문을 쏟아냈다. 가장 강조했던 것은 등록금 인상 철회. 그리고 뒤를 이어 총학생회장 징계 철회하라, 동아리연합회장 징계도 철회하라, 동아리활동을 전폭적으로 지원해라 등등 따라 적기가 바쁠 지경이었다. 그 와중에도 난 총장님을 수시로 쳐다보기 바빴는데 의외로 총장님은 편안한 자세로 듣기만 하셨다.

결과는 대성공이었다. 학생들은 학생들대로 불만을 토로하고 하소연하는 자리가 됐고 학교는 학교대로 학생들의 입장을 다시 한번 생각하는 계기가 됐다. 이런 성과는 총장님의 입에서도 나왔다.

"오케이, 오늘 아주 좋은 자리인 것 같습니다. 말씀해 주신 내용들 모두 학교 측이 전격 수용하도록 전향적으로 애쓰겠습니다. 모두들 감사드리고, 앞으로도 이런 자리를 주기적으로 계속 만들어 갑시다."

실제로 이후에도 여러 차례 총장과의 대화는 이어졌고 이후 학교 측과 총학생회 간부를 선발해 이른바 '교육환경개선협의회'가 구성되는 첫걸음이 됐다. 이 회의에서는 등록금 인상률을 결정하는 등 그야말로 교육환경을 개선하고 획기적으로 방향전환하기 위한 논의들이 밤새 이뤄졌다. 그러는 사이, 점차 학교와 학생들 간의 동반자적 신뢰감이 형성돼가기 시작했다.

농활이 곧
학점

2002년부터 2005년까지 서울대학교 학생처에 근무한 3년여 동안 내가 특히 공을 들인 부분이 있다. 바로 학생들에게 사회봉사활동에 대해 지도하는 것이었다. 서울대 학생들은 공부만 잘하고 이기적이란 말을 완전히 없애고 싶었다. 무엇보다 학생들 스스로가 편견을 깨야 했다.

그러던 어느 날, 총장님이 갑자기 날 불렀다.

"지금 학생들이 농활 가있는 데가 어디죠?"
"네, 천안입니다."
"지금 가봅시다."
"네?"
"같이 가봅시다. 얼른 준비하세요."

2002년 8월 여름 어느 날 아침, 갑자기 생긴 계획으로 모두들 바빠졌다. 난 우선 기자들 몇 명에게도 연락을 취한 다음, 총장님을 모시고 충청남도 천안시 병천면으로 한달음에 내려갔다. 장소는 마을회관. 한창 봉사활동에 여념이 없는 학생들에게도 미리 연락해 점심은 마을회관에서 먹자고 전갈했다.

그리고 몇 시간 후. 우린 마을회관에서 점심을 같이 나누고 즉석 간담회에 들어갔다. 학생대표들도 호의적으로 대화에 임했고 이후 농촌봉사활동을 학교차원에서도 더욱 적극적으로 지원해 달라는 학생들의 요구 또한 받아들여졌다. 서울에 올라오는 대로 난 황준연 학생처장과 이미나 학생부처장에게 사회봉사활동 교과목 신설에 대하여 보고하고 정운찬 총장님의 허락까지 일사천리로 받아냈다.

그리하여 교무처에 대학생 봉사활동 교과목 신설을 요청했고 받아들여졌다. 이후 교과목은 바로 신설되었다. 그래서 현재 서울대학교 학생들은 재학 중에 봉사교과목에 대하여 4학점을 이수하도록 되어 있다. 결국 봉사활동 교과목을 제도화하는 데 성공한 셈이다. 현재 서울대학교에는 국내외를 막론하고 학생들의 봉사활동이 매우 활성화되어 있어 난 절로 보람을 느끼곤 한다.

대학생 농촌봉사활동을 대략 정리해 보면 다음과 같다.

말 그대로 농촌봉사활동은 농촌으로 찾아가 현지 농업인들의 농사일을 거들면서 노동의 의미와 농촌의 실정을 체험하는 봉사 활동을 의미한다. 당시엔 농촌봉사활동을 줄여서 흔히들 '농활'이라 표현하기도 했는데, 심훈의 소설 '상록수'에 보면 대학생들이 농촌 계몽활동을 펼치면서 겪게 되는 젊은이들의 삶의 모습들이 잘 그려져 있어 우리들의 머릿속에 소중하게 간직돼있을 것이다.

이렇듯 농촌봉사활동은 60년대 농촌계몽활동으로 시작하여 한때 농촌활동을 둘러싸고 정부, 농민단체, 학생회 등 사이에 갈등을 일으키기도 했었다. 특히 제5공화국 정부는 대학생 농활을 농민의식화 활동이라는 이유로 규제하기 시작하였으며 학생들의 농활을 방해하기도 하였다. 이 때문에 학생들이 농촌 마을에 아예 들어가지 못하는 사태도 벌어졌으며 학생들이 들어간 마을에서도 경찰들이 학생들의 동태를 파악하는 등 농활을 둘러싼 갈등이 빈번하게 발생하였다.

그러나 정부의 규제에도 불구하고 학생들의 농활은 매년 이어졌고 1984년 학원자율화조치가 실시되면서 농활 참가자도 오히려 많아졌지만 근래에 와서 대학생활 자체가 입학을 시작으로 취업을 위한 스펙 쌓기에만 혈안이 되면서 대학생의 농촌봉사활동은 관심이 점차 줄어들게 되었다.

그러나 중요한 것은 본질이다. 대학생들의 농촌봉사활동은 바쁜 일손을 돕고 대학의 낭만을 즐기며 동시에 보람을 찾을 수 있는 의미 있는 일이라고 생각되어진다. 그만큼 허투루 할 수 있는 일이 아니어서 나름 규칙들도 꼼꼼하게 정해져있었다. 대학생들이 농활에서 기본적으로 지켜야 할 규칙은 다음과 같다.

첫째, 농민들에게 신세를 지지 않고 식사준비를 한다. 둘째, 절대 쌀을 흘리거나 밥을 버리지 않으며 식사 전에는 농민들에 대해 감사의 예를 갖춘다. 셋째, 마을 사람들을 만나면 무조건 공손하게 인사하고 복장은 화려하지 않아야 하며 농민의 옷차림으로 준비한다.

생각해 보면 우리 대학생들이 스스로 만든 이 '농활에서 지켜야 할 규칙'들이 참으로 기특하고 대견스럽기 그지없다. 평소 자기중심적이며 이기적인 학생들이 나름대로 지켜야 할 규칙을 스스로 정하고 농민을 배려해 나가는 모습이 나에게도 무척 인상적이었는데 이러한 것들은 결코 강의실에서는 얻을 수 없는 것들이라는 점에서 더욱 그렇다.

물론 학생들 모두가 그런 것은 아니지만, 일부 자기밖에 모르고 이기적인 사고를 가진 학생들에게도 삶이란 함께 더불어 살아가는 사회라는 것을 일깨워 줄 수 있는 좋은 계기이며 아울러 사회생활에 필요한 인성교육 역시 자연스럽게 이루어지는 체험의 장인 것이다.

그리고 농활의 마지막 날 저녁! 가장 중요한 일이 남았다. 삼겹살에 소주가 쫙 깔렸다. 마을어른들을 모시고 나눈 감사와 격려의 시간은 사람이 왜 더불어 살아가야 하는지를 느낄 수 있었던 소중한 시간이 되었다. 농활에 참여함으로써 그해 여름의 땡볕 무더위에 최선을 다한 학생들은 스스로를 뿌듯해했다.

"어때? 뭔가 막 느껴지지?"
"네, 그러네요. 무엇보다 우리 스스로에게 고맙고 또…."

학생들은 가슴이 벅차오른 듯 보였다.

"또…?"
"세상이 더 밝게 느껴집니다. 하하."

우린 그렇게 밤새 손에 손을 잡고 노래를 불렀고 그날 밤 별은 유난히 밝았다.

농활

봉사로
세계를 열어라

이런 일도 있었다. 이 역시 서울대학교 최초의 일이다. 보통 서울대학교 학생들은 천재도 많고 똑똑하기로 유명하지만 동시에 이기적이고 사회에 잘 적응하지 못한다는 편견도 많을 때였다. 하지만 내가 겪어본 학생들은 그렇지 않은 학생들도 꽤 있었던 터라 그런 오해를 학교가 나서서 풀어보면 어떨까 하는 생각이 들었다. 당연히 대외적인 이미지도 개선될 것이고 무엇보다 학생들 스스로에게 동기가 부여되는 좋은 기회가 될 것이란 생각이 들었다.

고심하던 중에 뉴스 하나가 내 시선을 끌었다. 미국의 카터 대통령 부부가 해비타트운동을 열심히 전개하고 있다는 국제뉴스였다. 해비타트는 서구에서는 이미 보편화되어 있던 운동으로 저소득층을 위해 집을 짓고 보수해 주는 활동을 통틀어 말하는 개념이었다. 난 지체 없이 이 봉사활동을 학생들에게 알리기 시작했고 그해 여

싱가포르국립대학교에서

름방학에 학생들이 스스로 추진할 수 있도록 물심양면 도왔다.

그리고 2003년. 이런 노력은 더욱 많은 꽃을 피워냈는데 싱가포르의 싱가포르국립대학교에서 열리는 세계대학생 활동모임에 서울대가 역사 이래 최초로 참가하게 된 사실이다. 말 그대로 대학생들 사이에서 각광받던 인터내셔널 포럼이었는데 나는 직접 학생 7명을 인솔해서 참가했고 당연히 서울대학교는 첫출전이었다. 당연한 이야기였지만 다른 나라 학생들은 서울대학교를 거의 모르고 있는 눈치였다. 하지만 우리로서는 그 사실이 적잖이 당혹스럽고 난감했다. 그러면서 다시 한번 이런 생각이 들었다. 혹시 우리가 우물 안 개구리는 아니었나… 세계적인 눈으로 보면 우리도 그저 생소한 대학일 뿐이구나….

그러나 역설적이게도 이러한 사실이 오히려 우리를 더 열심히 채찍질했다. 뿐만 아니라 나도 그렇고 학생들 역시 그야말로 세계적인 안목을 키우는 계기가 되었고 국제적인 봉사활동에도 눈뜨는 기회가 되었다. 한국에 돌아오자마자 나는 이러한 사실을 학생처장님과 부총장님 그리고 총장님께 보고했다.

그리고 바로 2년 후인 2005년. 뛸 듯이 기쁜 일이 생겼다. 서울대학교 국제대학원이 중심이 되어 바로 그 세계대학생토론대회를 바로 우리 서울대학교에서 개최했으니 말이다. 당연히 지금은 세계 어디를 가든지 서울대학교를 모르는 사람은 없는 듯하다. 명실공히 세계적인 수준의 대학교가 되는 초석이 놓인 셈이다.

공부하고 노래하라

서울대 최초의 사건은 또 있었다. 당시 젊은이들 사이에 선풍적인 인기를 끌던 행사가 몇 개 있었는데 그중에서도 가장 인기가 높은 것은 MBC방송국에서 주최하는 대학가요제였다. 이 대학가요제를 서울대학교 안으로 가지고 들어온 것이다.

하지만 모든 개혁엔 저항이 있는 법이던가. 이번에도 반대하는 목소리가 만만치 않았다. 어디 감히 서울대학교에서 딴따라행사를 하려 하느냐 하는 등의 반대였다. 하지만 난 이 행사가 오히려 서울대학교에 꼭 필요한 행사라고 생각했다. 그동안 쌓였던 신뢰가 있었고 학생들과의 소통도 자신 있었다. 무엇보다 이 행사는 공부를 방해하는 것이 아니라 공부하는 학생들에게 숨통을 터주는 길이라는 생각이 들었다. 다시 총학생회와 협의에 들어갔다.

그리고 2003년 10월 4일 오후 9시 30분. 토요일이었다. 행사와 동시에 방송카메라가 돌았다. 그것도 생방송으로 진행했다. 당시 인기방송인이던 김제동 씨와 인기가수 이효리 씨가 사회자로 나섰는데 관악캠퍼스 대운동장은 정말이지 입추의 여지없이 학생들로 꽉 들어찼다. 열광의 도가니와 같은 시간이 시작됐다. 학생들은 흥분이 극에 달했고 모든 멘트와 모든 노래에 열광했다. 직원들도 놀라서 입을 쩍 벌렸다.

"와, 주임님, 서울대 학생들도 이런 열정이 있었나요?"
"당연히 있었지. 아무도 몰라준 것뿐이지."

그날 우린 모두 결코 잊을 수 없는 추억 하나를 더 만들어갔다.

장소가 서울대로 결정되기까지는 많은 진통이 있었다. 지난 6월 총학생회 측에서 유치 의사를 내비치자 "연구중심대학을 표방하는 서울대의 위상에 적합하지 않고, 일부 학생들의 중간고사 기간에 면학분위기를 해칠 수 있다"는 우려의 목소리가 나오기 시작했고 "대학문화가 사라진 상황에서 대학가요제를 굳이 발 벗고 나서 유치할 필요가 있느냐"는 여론도 있었다.

개최에 소극적인 자세를 취하던 본부는 7월부터 본격적으로 MBC, 총학과 함께 실무 협상을 시작했다. 본부 측에서는 행사장 주위 부대시설을 지원하기로 했다. 총학생회 문화국장 양윤빈 씨(경제학부)는 "이번 대학가요제가 인기 연예인들의 쇼를 넘어 건전한 축제의 장이 된다면 대동제와도 절묘한 조화가 가능할 것"이라고 말했다.

1977년 기획되어 젊은이들을 위한 젊은 음악 축제로 자리매김해 온 「MBC 대학가요제」는 해를 거듭하며 변해가는 우리 젊은이들의 문화를 고스란히 반영해 왔다. 올해 역시, 달라진 대학생들의 음악 코드를 반영해 다양한 장르의 곡을 선발해 「MBC 대학가요제」만의 신선함을 느끼게 할 것이다.

▶ 「2003 MBC 대학가요제」 참가자 및 곡목 (총 13개 팀, 가나다 순)

– 강민성 (방송통신대학교) 곡명 : 나도 그래

– 그리메 (동의대학교) 곡명 : 젊은이의 양지

– 맥반석 (서강정보대학 외) 곡명 : 잃어버린 꿈을 찾아서

– 뮤사 (동국대학교 외) 곡명 : 어떤 사람들은…

– 박하림 (울산대학교) 곡명 : 우리 동네 미용실

– Solenoid (경북대학교) 곡명 : 강요

– ASSESS (인하대학교) 곡명 : White

– Wonder Land (서울예술대학) 곡명 : Water Park

– 이준휘 (청주대학교) 곡명 : 무엇보다 소중한

– 일월십육일 (전북대학교) 곡명 : The last greetings

– 투명드래곤 (동아방송대학) 곡명 : 천상천하유아독존

– FUZE (서울대학교) 곡명 : 처음인 것처럼

– Free馬 (명지대학교 외) 곡명 : 부재중

제1회 앰비씨 대학가요제

1977년부터 2012년까지 MBC 대학가요제는 총 36회 개최되었다. 2013년 7월 MBC는 "제작비 대비 시청률 저조 등의 이유로 2012년 36회를 마지막으로 대학가요제를 폐지한다"고 발표하였다. 이로써 그동안 대학 청년문화를 대변하면서 대중문화를 선도해왔던 대학가요제는 역사 속으로 사라지게 되었다.

뉴욕 뉴욕

"어, 이게 어떻게 된 거야?"
"어머 어머, 설마 테러는 아니겠죠…?"
"아니, 뉴욕에서 이럴 수가…?"

우리는 적잖이 당황했다. 그도 그럴 것이 전무후무한 일이 눈앞에서 벌어지고 있었기 때문이다. 뉴욕시간 기준으로 2003년 8월 14일 오후 4시 즈음, 뉴욕 맨하탄을 가로지르는 버스 안에 학생들과 몸을 싣고 있었을 때였다.

당시 난 서울대학교 음악대학 학생 22명과 함께 미국 뉴욕시 한복판에 있었다. 3주간의 일정으로 서울대학교 동문들이 계시는 도시들, 즉 버지니아, 필라델피아, 뉴욕, 텍사스, 캘리포니아 등을 찾아 음악연주회 일정이 잡혀있었던 터라 학생들과 같이 미국을 찾은 때였다. 그렇게 숙소를 향해 한창 버스로 달리던 중이었다.

갑자기 정전사태가 발생했다. 눈에 보이는 모든 건물과 기계에 불이 꺼져갔다. 지하철, 승강기, 신호등까지 모두가 서버렸다. 지하철과 건물에 있던 사람들은 죄다 거리로 쏟아져 나오기 시작했고 우리가 보이는 사방은 모두 차로 뒤엉켜 경적소리만이 하늘로 퍼지고 있었다. 세계최고의 강국이요, 그 심장이라 할 뉴욕 한복판에서 정전이라니… 우린 태어나 처음 겪어보는 일에 놀라기도 했다. 무엇보다 늦은 오후라 이미 해는 저물어가고 있었을 뿐 아니라 장소가 뉴욕이다 보니 혹시 테러가 아닌가 하는 생각이 순간 들었다. 나도 심장이 뛰기 시작했다.

"선생님, 이거… 괜찮을까요? 혹시 테러 아닐까요?"
"어떡해… 흑"

학생들도 겁을 먹고 불안에 떨기 시작했다. 일부 여학생들은 울기 시작했다. 가만히 있을 수만은 없었다. 일단 주변을 둘러봤다. 아뿔싸, 상점들마다 다투듯 유리창에 패널을 대면서 폭동사태를 준비하고 있는 모습이 한눈에 들어왔다. 내 머릿속에도 불현듯 안 좋은 일이 생각났다. 바로 이곳 미국에서 L.A 사태와 9.11 테러 사건 등이 있지 않았던가. 하지만 버스기사는 문을 열어주지 않았다. 차 안에 있으라는 말만 반복해서 하고 있었다. 하긴 나간다고 별 뾰족한 수가 있는 것도 아니었고 더욱이 우린 한두 명이 아니었다.

스무 명이 넘는 대식구다 보니 움직이다가 헤어질 확률이 컸다. 고민 끝에 난 일단 가지고 있던 공금을 꺼내 돈을 나눴다. 그리고 만일을 대비해 학생들 몇 명을 조를 짜서 버스에서 나가면 무조건 조별로 붙어 다니라고 일러두고 돈을 나눠 맡겼다. 그리고 시계를 보니 5시. 숙소가 있는 플러싱이라는 곳에 6시까지 가서 동문들을 만나기로 일정이 잡혀있었고 또 7시엔 신현승 선생을 만나는 미팅까지 잡혀있었는데… 이미 늦었다.

그런데 하늘이 도우시는 걸까. 갑자기 거리가 까만 인파로 물들었다. 저게 뭐지… 하고 우린 버스 차창에 붙어 지켜봤다. 아, 미국의 주 방위군이었다. 그리고 뒤를 이어 경찰 특공대가 출동했다. 거리는 삽시간에 군인과 경찰로 가득 메워졌고 그들은 분주히 오가며 교통을 정리하고 사람들을 진정시켰다. 그렇게 잠시 시간이 흐르자 거리는 안정을 찾아갔다.

그날 우린 밤 12시가 돼서야 플러싱 숙소에 도착했다. 정말 긴 하루를 보냈다. 다들 물에 빠진 생쥐꼴이 되었지만 무사히 귀환했다. 우린 서로를 위로하고 축하했다. 다행히 뉴욕의 이 전무후무한 정전사태는 큰 사고 없이 마무리됐다. 그날의 일정은 모두 취소되고 아무도 뵙질 못했지만 그래도 우린 감사했다. 나중에 알고 보니 7시에 뵙기로 했던 신현승 선생은 아무리 기다려도 우리가 오질 않자 걸어서 자택으로 가던 중 너무 어두워서 가기를 포기하고 공원에서 노숙을 하셨단다. 그 정전사태는 26시간동안 지속되었다.

다음 날, 수많은 동문들의 박수와 축하 속에 연주회는 열렸다. 물론, 조명도 빵빵하게 켜놓고 말이다.

뉴욕 정전 1

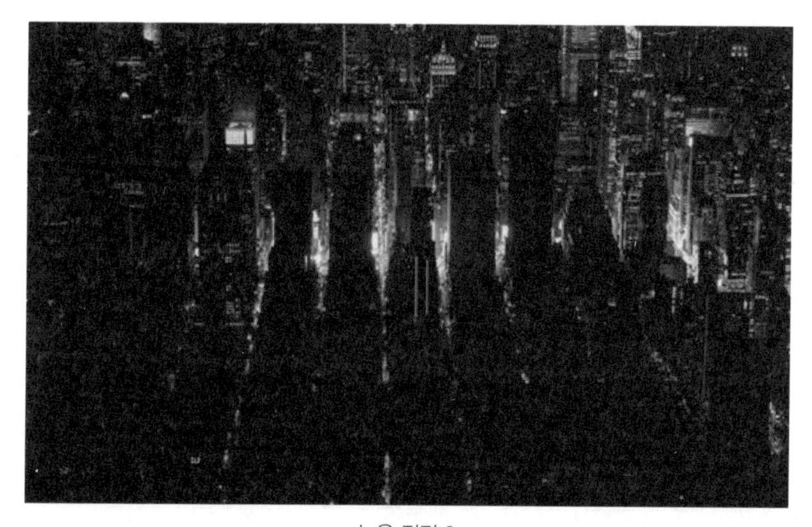

뉴욕 정전 2

여학생 휴게실

2004년 일이다. 학생들과 더 많은 이야기를 나누고 더 많은 행사들을 이렇게 꾸려가면서 나 역시 학교와 학생들에 대한 애정이 날로 커갔다. 나는 늘 학생들을 위해 더 해줄 게 없을까 고민하며 하루하루를 보낼 정도였다. 그러던 내 눈에 띈 것이 있었다. 바로 학생회관이었다. 대학생이라면 잘 아는 사실이지만 학생회관은 그야말로 학생들의 집이나 마찬가지. 이곳은 총학생회실부터 동아리연합회실, 학생라운지, 온갖 동아리실 등이 있어 사실 시설이나 사용환경에 따라 얼마든지 지저분해질 수 있는 공간이다. 건물을 둘러본 난 학생들을 위해 리모델링이 필요하다는 결론을 내렸다.

특히 여학생 휴게실이 문제였다. 이왕 하는 리모델링인데 좀 더 새로운 게 필요했다. 난 우선 다른 학교들의 사례를 모으기 시작했다. 자료를 모아보니 그중 휴게실이 잘 운영되고 있다는 학교 이름이 몇 개 나왔다. 숙명여자대학교, 숭실대학교 등 학교를 돌아다니며 꼼꼼히 그려대고 적어댔다. 이른바 벤치마킹. 그리고 학교로 돌아와 그중 좋은 것만 추려냈다.

그리고 얼마 후, 과감하게 공사에 들어갔다. 규모를 60여 평 정도로 넓히면서 파우더룸, 온돌방, 세미나실, 탕비실 등을 안쪽에 따로 설치해 줬다. 결과는 예상 밖이었다. 이곳은 이후 여학생들의 아지트가 된 것은 물론이고 학교 안팎에서 칭찬이 이어졌다.

정작 리모델링 공사가 끝나고 나서 바뀐 건 시설만이 아니었다. 학생들의 태도가 달라졌다. 이전까지 늘 학교와 싸우며 학교가 하는 일이라면 늘 대척점에 있던 학생들이었다. 특히 총학생회는 늘 학교의 눈엣가시 같은 존재였다. 하지만 진심으로 학생들을 대하고 그들을 위해 헌신하니 학생들도 달라졌다. 학교와는 무조건 반대로 간다 할 정도로 청개구리였던 학생들이 학교에 협조하기 시작했다. 물론 이 모든 과정엔 어려움과 반대가 있었다.

공사를 막 시작할 무렵의 일이었다. 공사를 위해 건물 전체를 비워내야 해서 업체에 연락해 대형 컨테이너 3개를 빌렸다. 건물에서 나온 모든 집기와 비품을 보관할 곳이 필요했기 때문이다. 학생들과 같이 열심히 짐을 나르고 있는데 지나가는 직원들이 하는 이야기가 들렸다.

"아니, 학생주임이야 학생하인이야?"

"그러게 말이에요. 학생주임이 맨날 저러고 혼자 다니네요. 도대체 뭘 하시는 건지…"

이런 이야기를 들을 때마다 가슴이 아팠지만 난 주저앉지 않았다. 적어도 내가 옳은 일이라고 생각했고 무엇보다 학생들과 소통하는 길은 학교가 먼저 그들에게 손을 내미는 게 맞다고 생각했다. 그렇게 모든 핀잔과 비아냥을 견디며 했던 일이다. 그리고 그때부터 난 서울대 교직원들 사이에서 '두목'이라는 별명도 하나 얻게 됐다. 일이 결정되면 탱크처럼 밀어붙여 기어이 소기의 성과를 달성해 내야 직성이 풀리는 성격 때문이 아닌가 생각된다.

이렇게 학교에서 본의 아니게 시작하게 된 학생들과의 소통과 혁신이 내게도 큰 재산이 됐다. 생각해 보니 이때 생겨난 소통하는 힘과 책임의식, 성실함 등이 이후 국회에서 일할 때나 교육부에서 일할 때도 똑같이, 아니 그 이상으로 발휘되어 지금까지도 날 버티게 해주는 기둥이 되고 있기 때문이다.

글로벌한
생활을 위해

31년이다. 내가 서울대학교 관악캠퍼스 대학본부에서 근무한 기간. 내 모든 공직생활을 따져놓고 보더라도 거의 대부분을 난 여기서 보냈다. 강산이 세 번이나 변하는 이 짧지 않은 시간을 난 서울대학교와 함께 했다. 그리고 실제로 강산이 세 번이나 바뀌는 동안 서울대학교도 많이 바뀌었다. 이제는 정말 명실상부한 세계적인 대학교로 거듭났다.

문득 그런 생각이 들었다. 31년 동안 난 정말 내 역할을 제대로 한 것일까? 내가 한 게 있다면 무엇일까? 이 시간 동안 참으로 수많은 일들이 있었지만 돌이켜보니 크게 부끄럽지는 않은 듯해 다행이라고 느껴진다. 총장님, 부총장님, 처장님 그리고 동료 교직원들과 한 팀이 되어 서울대학교 발전을 위해서 중단 없이 매진하였다. 성실하게 일해 왔다.

다행히, 재직 중이던 2014년에는 QS 세계대학평가 31위라는 좋은 결과를 얻은 적도 있었다. 서울대학교의 연도별 QS 세계대학평가 순위는 다음과 같다. 참고로 2022년도는 36위이다. 하루빨리 20위권으로 진입하기를 학수고대한다.

연도	2004	2005	2006	2007	2008	2009	2010	2011	2012	2013	2014
순위	118	93	63	51	50	47	50	42	37	35	31

순위표

서울대학교에서 근무를 시작한 첫해이던 1986년. 공과대학교 고명삼 교수와 자동화시스템공동연구소 설립에 대하여 협의를 한 적이 있다. 거기서 비롯된 이른바 인프라구축사업, 그리고 바로 이어진 신공학관 신축사업 등으로 수많은 연구, 교육 시설물이 캠퍼스 내에 자리잡았고 이로 인해 관악캠퍼스의 지형 자체가 바뀌었다.

그리고 2011년, 나는 오연천 총장으로부터 서울대학교 대외협력팀장 겸 국회협력관 근무를 명받았다. 말 그대로 업무가 대외적인 협력관계와 대외사업으로 확장됐다. 그래서 이때부터는 주로 세종시의 교육부, 기획재정부 등 정부기관과 여의도에 있는 국회 등지에서 일하게 되었으며, 주 업무는 서울대학교의 정책업무, 그에 따른 예산 확보와 법 제정, 개정 및 국정감사 업무가 주를 이루었다.

재미있는 일이 하나 있었다. 당시 서울대학교의 숙원사업이 하나 있었는데 바로 외국인학생을 위한 기숙사를 짓는 일이었다. 이는 날로 늘어가는 외국인학생들의 편의를 위한 사업이기도 하지만 무엇보다 서울대학교의 국제화 수준을 몇 단계 끌어올리기 위한 정책의 일환이었다. 당연한 이야기지만 외국의 유학생을 유치하기 위해서는 유연한 장학금제도와 편의시설을 갖춘 기숙사는 필수였다.

하지만 사업은 뜻대로 되질 않았다. 몇 년에 걸쳐 교육부와 기획재정부에 계속 외국인학생기숙사 신축사업비를 신청하였으나 예산에 반영되지 않았다. 이유도 정확히 알 수 없었다. 그렇다고 넋 놓고 기다릴 수만도 없었다.

"이젠 정말 외국인학생 기숙사가 꼭 필요한 때입니다."
"죄송합니다. 지금 가뜩이나 긴축재정이라서요."
"잘 좀 살펴주세요. 명색이 서울대학교인데 이런 것 하나 없어서야 되겠습니까?"
"네, 네. 일단 알아보겠습니다."

일단 알아보겠다는 말은 안 된다는 말에 다름 아니던가. 그래도 난 뜻을 굽히지 않았고 작전을 바꿨다. 우선 국회에 진정해서 예산을 확보하기로 방향을 틀었다. 국회의 각 부서와 여야의 국회의원들을 설득하는 작업에 돌입했다. 전 직원이 내 일처럼 나섰다.

드디어 2013년 12월, 국회 예산결산특별위원회에서 서울대 외국인학생기숙사 신축사업비가 통과됐다. 316억 원이 확보됐다. 그날의 감격을 잊을 수가 없다. 지면을 빌어서나마 당시 국회 예산결산특별위원회 여당 간사 김학용 의원, 야당 간사 최재성 의원에게 감사드린다. 그리고 지금의 서울대학교 후문 근처에 '글로벌학생생활관' 3개동이 건립됐다. 1천여 명이 동시에 생활할 수 있는 규모다.

난 지금도 여의도를 지날 때마다 그때 생각이 많이 난다. 그땐 참 국회를 많이도 드나들었지만 '내가 서울대학교를 위해서 이런 일을 했어!'라는 생각에 벅차고 흐뭇할 때가 많다.

외국인학생기숙사

연구개발특구기획단

2011년 일이다. 다시 발령이 떨어졌다. 당시 과천에 자리잡은 지식경제부 내 연구개발특구기획단에서의 근무. 지금은 산업통상자원부로 바뀐 곳이다. 서울대학교 공과대학교에서 수행했던 '신기술창업네트워크' 관련 업무와 연계하여 벤처기업을 육성하는 업무이다. 난 주로 대덕연구개발특구, 광주연구개발특구, 대구연구개발특구의 업무를 담당하게 됐다. 당시 연구개발특구 기획단의 주요 임무는 다음과 같았다.

- 설립목적 : 연구개발특구육성을 위한 사업의 효율적 추진
- 설립근거 : 『연구개발특구의 육성에 관한 특별법』 제46조

- 주요임무 및 기능 :

  기술사업화와 창업을 통한 일자리 창출 및 경제활성화

  기술사업화 성과구현에 집중!

01 특구육성 사업

기술발굴 및 기술이전·사업화
연구소기업 등 기술 창업
특구기업 글로벌 진출 지원
특구펀드, 엔젤투자 등 기술금융 지원

02 제도지원

연구소기업, 첨단기술기업 대상 국세 및 지방세 감면
특구 신규분양 입주 시 취득세 및 지방세 감면

03 특구개발 관리

쾌적한 연구 및 정주환경 조성을 위한 사회적 규제 관리
미개발 지역의 개발사업 추진

04 특구 인프라 지원

기술사업화 전문지원을 위한 테크비즈센터 등 SOC건설
* 대덕테크비즈센터, 광주이노비즈 센터 등

시흥캠퍼스

서울대학교 시흥캠퍼스는 '경기도 시흥시 서울대학로 173'에 위치한다. 시흥. 배곧신도시의 중심에 있으며, 시흥캠퍼스 주변으로 서울대학교병원 등 의료기관과 교육기관, 연구시설 등이 자리 잡게 된다.

시흥캠퍼스 조성은 서울대학교 제24대 이장무 총장 때 시작하여 제25대 오연천 총장, 제26대 성낙인 총장, 제27대 오세정 총장으로 이어지고 있다. 나는 서울대학교에서 국가공무원으로 근무하면서 서울대학교 시흥캠퍼스조성에 직간접적으로 참여해 왔다.

특히 교육부, 기획재정부, 대한민국 국회, 서울대학교 등 유관기관과 대외협력 업무를 진행하여 시흥캠퍼스 조성이 원만하게 이루어질 수 있도록 끊임없이 지원해 왔다. 그리고 학내 교수, 학생 등 구성원들과의 중단 없는 대화로 눈코 뜰 새 없이 바쁜 나날이었다. 특히 서울특별시 관악구 주민들은 서울대학교가 완전히 시흥시로 이전하는 것으로 오해하여 사실을 제대로 알리느라 주민들과의 간담회 등을 수도 없이 개최하며 설명하고 이해를 시켜야 했다.

이런 노력이 결실을 맺었는지 이제는 '서울대학교 시흥캠퍼스 조성'이 본래 목적에 맞게 잘 진행되고 있어서 마음이 뿌듯하다. 이 캠퍼스는 향후 우리나라의 제4차 산업혁명의 전초기지가 될 것이며 대한민국과 세계의 경제를 이끌어 가게 될 것으로 기대한다. 이참에 서울대학교 시흥캠퍼스에 대하여 요약하면 다음과 같다.

서울대학교 시흥캠퍼스는 2006년도에 수립된 「2007년~2025년 서울대학교 장기발전 계획」에 의해 시작되었다. 세계 10위권 대학으로의 도약을 미래 비전으로 설정하고 이를 실현하기 위한 12개 핵심과제 중 하나가 '글로벌 리더십 캠퍼스 조성'이었다. 국제화시대에 대비하고 세계적 연구 수월성을 확보하며 글로벌 인재를 육성할 수 있는 새로운 캠퍼스가 필요하다는 구상이었다.

서울대학교의 이러한 계획이 언론에 알려지자 전국 9개 지방자치단체(파주, 홍천, 평택, 포천, 문경, 양주, 화성, 인천, 시흥)에서 서울대학교를 유치하려는 제안을 하게 되었다. 당시 이장무 총장과 대학본부는 관악캠퍼스와의 근접성, 세계를 향해 뻗어나갈 수 있는 인천국제공항의 접근성과 대양으로의 연결성이 가장 좋은 시흥 배곧신도시를 새로운 캠퍼스의 터전으로 결정하였다.

서울대학교는 시흥 배곧신도시를 신 캠퍼스 후보지로 선정한 후 2010년 2월 9일 경기도, 시흥시와 3자 간 '서울대 시흥 국제캠퍼스 및 글로벌 교육의료 산학클러스터 조성' 협약을 체결하였다. 본 협약을 통해 시흥캠퍼스는 대학의 국제화, 교육 및 의료 클러스터의 조성이라는 두 가지 지향점을 갖게 되었다.

이후 캠퍼스 조성을 위한 다양한 아이디어가 제시되었고 백여 명에 가까운 교수들이 참여해 각 분야별로 시흥캠퍼스의 청사진을 그리는 프로젝트가 수년간 지속되었다. 우여곡절을 거친 시흥캠퍼스 조성은 2016년 8월 22일 서울대학교와 시흥시, 그리고 캠퍼스 개발 사업자로 선정된 한라(주) 3자 간에 시흥캠퍼스 조성을 위한 법적 효력을 갖는 최초의 실시협약이 체결되면서 본격화되었다. 동 협약으로 20만 평의 캠퍼스 부지와 4,500억 원의 건축물 현물 기부 조건이 확정되었다.

실시협약이 체결되고 두 달도 지나지 않아 같은 해 10월 기숙형 대학(Residential College)의 설립과 시흥캠퍼스가 대학의 기업화를 촉진한다는 이유를 들어 시흥캠퍼스에 반대하는 학생들은 대학본부를 점거하였다. 1차 점거 153일, 2차 점거 75일, 총 228일간 지속된 대학본부 점거로 학교는 정상적으로 운영될 수 없었고 캠퍼스 조성은 지연되었다. 2차 점거 해제 이후 시흥캠퍼스는 본격적으로 조성되기 시작하였으나 사업 지연으로 부과될 막대한 세금을 줄이기 위해 우선추진 프로그램을 중심으로 서둘러 사업이 진행되었다. 2019년 5월 시흥배곧 서울대학교병원 설립 협약과 9월 시흥배곧 서울대학교 치과병원 설립 협약이 체결되면서 2018년부터 추진된 교육프로그램 운영사업과 더불어 시흥캠퍼스의 두 가지 핵심 사업이었던 교육과 의료 사업의 틀과 기본 방향이 마련되었다.

• **시흥캠퍼스의 입지와 접근성**

캠퍼스가 자리 잡은 시흥의 배곧신도시는 "배움의 터"라는 의미로 주시경 선생이 배울 곳이라 이름한 데서 비롯되었다. 150만 평 규모, 인구 6만 명의 계획도시로 설계되어 시흥캠퍼스와 생명공원, 수변공원 등 녹지와 송도 앞바다를 바라보는 전망 좋은 곳에 위치해 있다. 시흥캠퍼스는 관악캠퍼스에서 약 30km로 강남순환도로가 개통되어 30분 정도 소요되고, 광명역, 인천공항까지 각 20분 정도 소요되는 등 국내, 국제 접근성이 좋은 입지조건을 갖추고 있다.

• **시흥캠퍼스 조성 경과**

2016년 실시협약 체결 이후 시흥캠퍼스는 6대 기본 방향을 다음과 같이 설정하였다.

① 에너지 및 물 관리, ICT 통합관제, 교통, 안전, 친환경 등 정보통신 기술을 바탕으로 캠퍼스 전체를 통합 관리하는 스마트 캠퍼스 ② 지역사회와의 교육협력을 통해 공교육 발전에 기여하는 사회공헌 캠퍼스 ③ 기초과학과 인문·사회과학 학문 간의 다학제 융·복합 연구를 진흥하는 기초과학육성 캠퍼스 ④ 4차 산업혁명 선도기술의 융·복합 연구를 촉진하는 융·복합 연구 캠퍼스 ⑤ 통일된 평화 한국을 이끌 차세대 미래 지도자를 양성하는 평화통일 캠퍼스 ⑥ 대학구성원의 복지와 행복을 증진하는 행복 캠퍼스 등 6가지 방향이다.

이후 2017년 12월 7일에 시흥캠퍼스 기공식을 개최하였다. 기공식에서 '시흥 스마트캠퍼스 선포식 및 미래도시 모빌리티 조성 협약'이 체결되었다. 선포식은 시흥캠퍼스를 스마트캠퍼스로 공식 선언하는 착공식이었고, 협약식은 자율주행자동차를 기반으로 미래 모빌리티 연구 및 산업 발전을 선도하기 위해 서울대학교, 시흥시, 현대자동차, 삼성전자 및 SK텔레콤 간에 컨소시엄을 구성한다는 내용이었다. 이렇게 대학과 국내 대기업 다자간의 컨소시엄형 협약이 맺어진 것은 우리나라 대학교 역사에 처음 있는 일이었다.

• 우선 추진프로그램 건축

시흥캠퍼스에서 가장 먼저 기반 공사가 시작된 것은 서울대시험수조(대우조선해양)였으며 2018년 12월 준공되어 대우조선해양의 160여 명의 연구원이 근무하고 있고, 서울대학교 미래해양연구센터와 산학협력 연구를 진행하고 있다.

두 번째로 준공된 건물이 교육협력동이다. 교육협력동은 1,000명 이상 동시수용이 가능한 컨벤션과 500명의 숙박이 가능한 숙소와 연결된 구조로 건축되었고, 행정기구와 각종 연구기관 등이 입주하였다. 2018년 3월 착공하여 2020년 3월 준공되었고, 본부 행정조직인 시흥캠퍼스본부와 교육·연구 프로그램을 통합 운영하는 조직인 미래혁신연구원(교육협력센터, 글로벌미래치의학교육센터, 국제환경보건협력센터), 통일평화연구원, 언어교육원, 농생대 교육연수원 등이 입주하였다.

셋째, 대학 구성원들의 복지와 대학원생의 거주시설을 확충하기 위해 '교직원 및 대학원생 주택'을 조성하였다. 아파트 타입 214세대와 독신자 및 대학원생들을 위한 1~2룸 타입의 327세대를 합하여 총 541세대를 신축하였고, 2018년 2월 착공하여 2020년 9월 준공하여 현재 입주자가 선발된 상태로 지난 10월부터 교직원과 대학원생들이 거주하고 있다. 넷째, 자율주행차의 핵심 기술과 실증연구 및 산학연계 플랫폼 구축을 위해 '미래모빌리티 연구동'을 건축하였다. 미래모빌리티 연구동과 더불어 자율주행차 요소기술과 기술을 실증할 수 있는 전장 540여 미터의 자율주행자동차 트랙을 함께 조성하였다. 2018년 8월 착공하여 2020년 4월 준공되었고, 관련 산학협력 기업이 다수 입주하였다.

마지막으로 최첨단 무인이동체, 즉 드론에 대한 연구 인프라를 구축하기 위해 '지능형 무인이동체 연구동'이 완공되었다. 지능형 무인이동체 연구동은 무인이동체 항공 분야의 핵심 기술을 연구하고 실증할 수 있는 200미터 규모의 활주로와 함께 조성되었다. 2019년 3월 착공하여 2020년 10월 준공되었고, 지능형무인이동체연구센터, 차세대슈퍼컴퓨팅센터, 위성활용연구센터 등이 입주할 예정이다. 시흥캠퍼스는 육상, 해상, 항공 3개 분야 무인이동체 분야의 종합테스트 베드가 함께 조성된 세계 최초 사례로 향후 이동체 분야의 연구와 산업발전을 선도하게 될 것으로 기대된다.

• 시흥캠퍼스의 비전과 과제

시흥캠퍼스는 이제 1단계 사업을 마무리하는 시점에 와있고, 2

시흥캠퍼스

단계 종합계획을 수립 중에 있다. 시흥캠퍼스는 2000년대 초반에 수립된 대학장기발전계획의 정신을 계승하여 글로벌 인재를 육성하고 세계를 선도하는 융복합연구 수월성을 확보하여 세계 10위권 일류대학으로의 도약에 기여하고자 한다.

새로운 캠퍼스의 조성을 통해 국가 및 지역사회 발전에 기여하고, 오픈이노베이션 및 창업생태계를 조성하며, 서울대학교 병원과 치과병원을 조성하고 의료바이오 융복합연구단지를 구축하며, 다양한 대학재정 확충 방안을 마련하여 추진하고자 한다.

이러한 과제들을 성공적으로 추진하고 시흥캠퍼스를 지속적으로 발전시키기 위해서는 대학본부만이 아니라 평의원회, 교수협의회, 각 단과대학, 학과, 그리고 교수, 직원, 학생 등 학내 구성원 모두의 관심과 참여가 매우 중요한 시기이다.

공부냐 일이냐
그것이 문제로다

지난 세월은 참으로 바쁜 나날이었다. 특히 나는 공무원과 학생이라는 이중 신분을 갖고 약 20년 가까이 대학과 대학원 생활을 겸하여 살아왔다. 그러다보니 대학 생활을 충실히 하려면 토요일과 일요일은 무조건 공부에 할애해야 했다. 그래서 대부분의 주말은 학교 도서관에서 보내기 일쑤였다. 과제도 하고 시험 준비도 하고 학습을 보충하기 위해서였다. 그럼에도 공무원 신분인 본업에 충실하고자 애쓰다 보니 늘 시간에 쫓기며 살아왔다. 한번은 이런 적이 있었다. 아내에게 급히 전화를 걸었다.

"여보, 부탁 하나만 들어줘요."
"네 말씀하세요, 뭔데요?"
"학교 좀 가줄 수 있겠소?"
"당연하죠. 뭐 갖다 내야 돼요?"

"아니… 그게 아니고… 수업을 좀 들어줘야겠어요."

"네?"

공무원 신분인지라 직장 일 때문에 도저히 시간을 내지 못할 때, 어쩔 수 없이 아내를 괴롭혔다. 아내는 영문도 모르고 내 대신 교육학개론 강좌를 들으러 학교에 가곤 했었다. 아내에게 미안하고 힘든 시기였기도 했지만 대학생으로서 낭만도 즐기고 축제에 참여하는 등 좋은 추억도 많이 있다.

이렇게 일과 학업을 병행하기 위해선 무엇보다 부지런해야 했다. 나는 늘 남들보다 1시간 일찍 출근하여 먼저 일하고 1시간 일찍 퇴근해 학교를 향했다. 그리고 감사하게도 그런 나를 주변 모두가 이해해 줬다. 지면을 빌어 당시 내 모든 직장의 동료, 선배, 후배님들께 다시 한번 감사를 드리고 아울러 대학생 친구들에게도 감사의 말을 전하고 싶다. 친구들 역시 늘 나를 기다려 주었다. 그래서 막걸리 한잔하면서 이야기꽃을 피우곤 했던 젊은 날의 추억이 있다.

그렇게 공무원으로, 만학도로 지내다 보니 홍익대학교를 졸업할 때는 큰아들 승현이가 함께하였다. 졸업은 또 다른 시작이라는 말이 있듯이 나는 그 다음에도 학생이었다. 그중에서도 특히 영문학, 행정학, 법학, 재정학 등에 관심을 갖고 학업에 임했는데 특히 나는 학교 수업엔 꼭 출석한다는 의지가 강했다. 직장을 다니면서도 대학교와 대학원을 통틀어 99.9% 출석하였다.

대학원부터는 사회복지학 공부를 하여 사회복지학 학사, 석사,

박사 과정을 모두 이수하였다. 지면을 빌어 꼭 전하고 싶은 말도 있다. 부족한 나를 지도해 주고 가르쳐 주신 서울대학교, 연세대학교, 성결대학교 교수님들께 감사하다는 말씀을 드리고 싶다. 내가 지금 또 누군가를 가르칠 수 있는 것은 모두 교수님들 덕이기 때문이다.

2019년 6월 말 국립 서울대학교에서 2급 정책관으로서 공직을 마감하고 성결대학교 사회복지학과에서 수업을 진행해 오고 있으며 건양대학교 사회복지학과에서 교수로서 학생들 앞에 서게 되었다. 배우는 사람에서 가르치는 사람으로 변신했다. 누구나 그렇겠지만 처음에는 스스로가 많이 어색했다. 하지만 처음은 아니었다.

'태춘아, 학원에서 강의도 하고 과외도 했잖아? 어려울 것 없어.'

아르바이트를 했던 경험이 큰 도움이 됐고 얼마 되지 않아 난 가르치는 일에 신명이 났다. 내가 주로 가르치는 것은 사회복지학 과목과 청소년복지, 장애인복지, 그리고 가족복지론 등에 관한 것들인데 과목의 특성상 난 늘 이론과 실제 현장을 경험한 것을 바탕으로 수업을 진행했다. 현장을 겪어보지 않고는 복지라는 개념을 이해할 수 없기 때문이다.

앞으로는 내가 살고 있는 의왕시를 비롯한 지역사회에서 노인복지심리상담, 노인건강상담, 청소년학습 및 진로상담과 관련해 봉사하고 실천하는 삶을 더 확대하고 싶은 소박한 소망을 반드시 현실로 이뤄낼 것이다.

서울대학교 명예퇴직 기념
정책관(2급), 김 태 춘 박사

SEOUL NATIONAL UNIVERSITY

SNU
직 원 정 년 식
일시 : 2019. 6. 28.(금) 11:00

지역사회

2019년 12월부터는 의왕시충청향우회 시(市) 회장을, 그리고 2021년 5월부터는 충청향우회중앙회 부총재로 동시에 활동하고 있다. 난 어릴 때부터 고향에 대한 애착이 남다른 편이었다. 지금도 난 충청도의 '충'자만 들어도 왠지 설렐 정도다. 그래서인지 내가 제2의 고향이라 여기는 이곳, 의왕시 역시 나에겐 남다른 곳이다. 그래서 여기 사는 지역주민들이 의왕시의 '의'자만 들어도 설레게 만들고 싶은 마음이다.

내가 살고 있는 의왕시 지역사회에는 강원도민회, 영남향우회, 충청향우회, 호남향우회가 있다. 한 가지 재미있는 사실은 이 모든 곳을 떠올리면 연결되는 지점이 꼭 하나씩은 있다는 것.

강원도에는 내가 참여했던 서울대학교 평창캠퍼스가 있고, 홍천에는 서울대학교 의과대학 시스템면역의학연구소가 있다. 난 경

회장 취임식

북 안동의 안동 김가이고, 아내는 대구의 달성 서가 집안이다. 뿐인가. 내 둘째 며느리는 경상북도 포항이 고향이다. 충청도는 내가 태어나서 자란 곳이며, 그리고 전라도는 전라북도교육청에서 2년간 근무했던 경험이 있어 호남 역시 인연이 있다. 각 지역마다 나는 크고 작은 인연들로 가득하다.

좁은 땅 대한민국에 사는 사람치고 나 같지 않은 사람 어디 있으랴. 그러나 난 이를 그냥 우스갯소리로만 끝내지 않으니 나에겐 재미있는 사실이 되는 것이다. 난 희한하게도 각 향우회 단체를 경쟁상대나 라이벌로 생각해 본 적이 없다. 오히려 이들이 내겐 모두 이웃사촌이라고 생각되어 늘 이들과 어울리고 만나느라 바쁘다. 늘 서로 친목을 도모하고 화합하며 지역사회 발전을 위해서 공동으로 노력하고 있는 중이다.

특히 기억에 남는 일은 '의왕시충청향우회 회장' 취임식, 신규 회원 모집 및 홍보활동 강화, 포상 및 장학금 지급, 지역사회 봉사활동,

지역사회 봉사활동 사진

코로나19 극복 희망 나눔 백미 100포대 기탁 전달식, 비접촉식 체온계 기부 등의 사업이다. 다만 한 가지 아쉬운 점은 내가 충청향우회 회장으로 취임한 직후 바로 코로나 팬데믹 시대가 찾아와 회장으로서 활발한 활동을 하기가 여의치 않다는 점이다. 모임이 취소되고, 사람들을 못 만나니 늘 몸이 근질근질하고 해야 할 일을 계속 놓치는 느낌이 들었다. 그러나 사람의 힘으로 안 되는 일도 있는 법. 기다리는 마음으로 정부의 방역시책을 준수하면서 지역사회 발전을 위해서 많은 노력을 해오고 있고 앞으로도 그러리라고 늘 다짐하고 있다. 앞으로는 가일층 지역사회와 함께하는 의왕시 충청향우회가 되도록 노력할 생각이다.

가족여행

내 졸업식에 앉아있었던 큰아들 승현이가 벌써 36살이나 됐다. 둘째 진호도 33살. 다들 출가를 했는데도 내가 꾸준히 일종의 전통처럼 지켜오고 있는 것이 있는데 바로 가족여행이다. 정작 아이들이 자랄 때는 생각만 하고 시간을 내지 못했는데 큰아들이 군대를 제대한 2009년 무렵부터 본격적으로 가족만의 시간을 갖게 됐다.

내가 애써 이렇게 하는 데는 다 이유가 있다. 사실 난, 다복한 집에서 태어나 자랐음에도 아주 어린 시절을 제외하면 형이나 누나들과 여행한 기억이 거의 없다. 어쨌든 그 시절은 다들 먹고살기가 바쁜 때였고 일상의 소소한 추억들은 있으나 같이 여행을 가거나 허물없이 속내를 이야기했던 기억은 없기 때문이다. 그래서인지 난 어느 정도 철이 들면서부터, 그런 점을 더욱 아쉬워하며 그리워했었다. 다행히 아이들이 다 적극적으로 동참하고 따라줘서 더욱 끈끈한 집안이 된 것 같다. 아, 분기별로 가족회의를 하는 것과 겨울 송년회는 덤이다.

우리 가족은 2009년 가족여행을 시작할 즈음부터 가족회의를 해오고 있다. 가족회의 소집은 주로 내가 하는데 주로 분기에 한 번 정도 하고 특별한 일이 있으면 그때 그때 모인다. 그날이 되면 아침부터 아내는 맛있는 음식과 음료를 준비해서 분위기를 더욱 가꿔준다. 따라서 말이 회의지, 온 가족이 즐겁게 참여하는 일종의 축제가 된다. 물론 회의니까 가정의 대소사를 의논하기도 한다. 주로 아이들 진로와 직장문제, 재테크부터 크고 작은 건강문제나 어려움 등을 서로 허물없이 털어놓는 편이다. 또 최근의 트렌드와 유행도 공유해 정보공유의 장이 되기도 한다. 한 사람 한 사람이 서로 사이가 좋으니 회의로 모이는 날은 더욱 즐겁다.

뿐만 아니다. 우리 가족은 매년 12월에 가족 모두가 참여할 수 있는 날짜를 따로 정해 송년회를 해 오고 있다. 송년회 때는 특별히 맛있는 음식과 와인을 준비한다. 긴장을 풀고 편하게 1년 동안 있었던 많은 일들을 뒤돌아보고 다음 해의 계획을 이야기도 한다. 이런 모임과 전통이 우리 가족 모든 사람 간의 원활한 소통으로 이어져 더욱 끈끈하게 만들어주는 듯해 뿌듯하다.

여행은 최소 기준으로 나름 원칙도 정했다. 1년에 1회, 1박 2일. 그래도 여행이라면 1박 정도는 해야 여행느낌도 진하게 날뿐더러 그러는 사이 식사도 같이하고 잠도 같이 자면서 긴장이 풀리기 때문이다. 뿐인가. 같이 지역의 명소도 둘러보고 노래방도 가는 새 대화하고 노래하며 서로를 더욱 잘 알게 되고 스트레스도 풀리기 때문이다. 그래서인지 언제부턴가는 아이들도 가족여행을 내심 기대하며 올해는 언제 가냐고 성화다.

가족여행으로 돌아다닌 곳만도 수십 곳인데 최근에 들른 남한강 일대부터 내 고향과 가까운 충청남도의 공주, 부여는 물론이고 멀리 강원도 속초, 전주 한옥마을, 김제까지 그야말로 전국을 누볐다. 몇 년 전 경기도 가평군에 갔을 때 일이다. 초겨울이긴 하지만 생각보다 펜션이 추워서 고생한 기억이 있는데 정작 일은 산에서 일어났다. 몸도 데울 겸 호명호수를 가보기로 했다. 호명호수는 호명산 정상에 조성한 인공호수인데 마치 백두산 천지와 같다 해서 제2의 천지라고도 불리는 곳. 특히 그 둘레길이 마치 하늘을 걷는 듯하다고 소문이 자자한 곳이었다.

"아버지, 버스가 있긴 한데 그냥 걸어가죠, 뭐."
"아, 그래? 괜찮을까… 힘들진 않겠지?"
"그럼요. 한 10분 남짓 가면 된다니까 딱 운동도 되고 좋겠는데요."
"좋았어. 그럼 모두 출발!"

둘째의 IT 선진기술력을 믿으며 그렇게 우린 산 정상을 향해 걷기 시작했다. 초겨울인데 벌써 눈이 내렸는지 눈이 쌓여있어서 걱정은 됐지만 멀지 않다니 우린 호수를 볼 생각에 잔뜩 기대에 부풀기만 했다. 그런데 잠시 후, 10분은 족히 걸은 것 같은데 도통 호수가 나타날 기미조차 보이지 않았다.

"진호야. 아직 멀었나? 우리 한 20분은 걸은 것 같은데…"
"그러게요. 10분은 넘었는데… 조금만 더 가보죠, 뭐. 겨울이라 좀 더 걸리나 봐요."

그렇게 우린 결국 1시간을 걸어 올라갔다. 물론 호수는 너무 좋았다. 하늘이 열리고 가슴이 뻥 뚫리는 기분이었다. 잘못된 정보를 제공한 것이 쑥스러웠는지 둘째 진호가 너스레를 떨었다.

"와. 죽이는데요 여기. 아버지! 전 여기서 결혼할래요!"
"뭐라구? 산꼭대기에서 결혼식을 한다구?"

뭐, 물 근처에서 하긴 했다. 둘째는 작년에 서울 수서에서 결혼식을 올렸다. 난 지금도 이 사건으로 둘째를 놀리곤 한다. 이제는 아이들이 다 결혼을 해서 며느리들까지 가족여행에 합류했고 조금 더 있으면 그 아이들까지 회원으로 받을 생각이다. 이렇게 우리 가족은 팔도강산을 훑으며 더 단단하고 사이좋은 가족이 될 참이다.

가족여행

가족회의

송년회

인류에게는 정말로 효과적인 무기가 하나 있다.
바로 웃음이다.

– 마크 트웨인 –
Mark Twain

Chapter 4

언론 속의 김태춘

'이웃사랑 실천'… 의왕시 충청향우회, 어려운 시민들 위해 백미햅쌀 100포 기증

- 2020.09.17

의왕시충청향우회는 17일 민족의 최대 명절인 추석을 앞두고 최근 신종 코로나바이러스 감염증(코로나19) 여파로 어려움을 겪는 이웃을 위해 백미 햅쌀 100포(10kg)를 의왕시에 기탁했다.

이날 전달식에는 김태춘 의왕시충청향우회 회장과 6개동 충청향우회장, 성시형 부회장, 김병선 사무총장, 서정희 총무국장과 회원들이 참석했다.

김태춘 충청향우회장은 전달식에서 "코로나19로 우리 모두 어려움을 겪고 있는 상황에서, 추석을 맞아 더 어려운 이웃들과 작은 나눔을 실천해 조금이나마 위로가 되고자 기부를 하게 됐다"고 말했다.

쌀 기부 사진 1
김태춘 의왕 충청향우회 회장이 김상돈 의왕시장에게 백미햅쌀 100포를 기증했다. 김명철 기자

쌀 기부 사진 2
김태춘 의왕 충청향우회 회장이 김상돈 의왕시장에게 백미햅쌀 100포를 기증했다. 김명철 기자

이날 기부된 백미햅쌀은 충청향우회 회원들이 십시일반 모금을 통해 마련됐다.

김상돈 의왕시장은 "충청향우회원들의 따뜻한 마음이 코로나19로 인해 어려움을 겪고 있는 시기에 어려운 이웃들에게 큰 힘이 된다"며 "추석명절을 맞아 소외되는 이웃이 없도록 골고루 잘 전달하도록 하겠다"며 김 회장과 회원들에게 감사의 마음을 전했다.

한편, 이날 기탁한 성품은 경기사회복지공동모금회에 기탁처리 후 취약계층에게 전달할 예정이다.

김명철 기자

출처 : 중부일보 - 경기·인천의 든든한 친구(http://www.joongboo.com)

의왕시에 코로나19 극복 위한 온정의 손길 이어져

㈜에스지바이오켐에서 비접촉식 체온계 EMC글로벌 주식회사에서 마스크 기부
2020.11.25

의왕시에 쌀쌀해진 날씨와 신종 코로나바이러스 감염증(코로나19)으로 얼어붙은 마음을 훈훈하게 하는 따뜻한 온정의 발길이 이어지고 있어 지역사회에 훈훈함을 안겨주고 있다.

25일 시에 따르면 비접촉식 체온계 제조업체인 ㈜에스지바이오

켐은 어려움을 겪고 있는 저소득층을 위해 지원해달라며 비접촉식 체온계 300개를 의왕시에 기부했다.

윤상훈 에스지바이오켐 대표이사는 “코로나19로 힘든 시기에 도움이 필요한 곳에 사용되길 바라는 마음으로 체온계를 기부하게 됐다”며, “이번 기부로 따뜻한 마음이 이어져 하루빨리 코로나19가 극복되기를 바란다”고 말했다.

같은 날 군포시에 소재한 수출자문, 무역교육 전문기업인 EMC 글로벌 주식회사에서도 저소득층을 위해 사용해 달라며 KF94마스크 1천 장과 덴탈마스크 2천 장을 의왕시에 각각 기부했다.

김은주 EMC 글로벌 주식회사 대표는 “평소에 사회와 함께 가는 삶에 많은 관심을 갖고 있었다”며 “코로나19로 마스크가 필수품이 된 상황에서 마스크를 주변의 저소득층에게 지원해 코로나19 확산 예방에 작게나마 도움이 되고자 이번 나눔에 동참하게 됐다”고 말했다.

김상돈 의왕시장은 “다시 코로나19가 전국적으로 재확산되고 있어 지역사회가 힘을 합쳐야 하는 시점에 이렇게 기업에서 자발적으로 비접촉식 체온계와 마스크를 기부해 주셔서 깊은 감사를 드린다”며 “기부해 주신 물품을 주변의 어려운 이웃들에게 잘 전달하도록 하겠다”고 말했다.

한편, 의왕시는 이들 물품을 경기사회복지공동모금회에 기탁처리 후 저소득층 및 사회복지시설에 전달할 예정이다.

김명철 기자

출처 : 중부일보 - 경기 · 인천의 든든한 친구(http://www.joongboo.com)

사회복지사의 날을 맞아
팬데믹 이후 사회복지에 대한 소고

2021.03.30

김태춘

우리나라는 올해로 '제15회 사회복지사의 날'을 맞이한다.

'한국사회복지사협회'가 지난 2007년 창립 40주년을 맞아 사회복지사의 사기진작과 단합, 사회복지에 대한 국민의 인식제고를 목적으로 기념하기 시작한 날이다.

2007년 제1회 사회복지사의 날은 한국사회복지사협회의 창립기념일인 4월 22일로 정하여 기념하기 시작하였다.

그러던 중 2011년 3월 30일 사회복지사 등의 처우 및 지위 향상을 위한 법률이 제정되어 이를 기념하기 위해 이듬해인 2012년부터 매년 3월 30일을 사회복지사의 날로 규정하게 되었으며, 보건복지부와 한국사회복지사협회는 매년 국민 삶의 질 향상과 복지증진을 위해 헌신하고 있는 사회복지사를 널리 발굴하여 표창 등을 통해 사회복지사를 격려해 오고 있다.

'사회복지사의 날'은 국민의 행복을 위해 각 분야에서 헌신하는 사회복지사들의 자긍심을 높일 뿐만 아니라 국민들에게 사회복지사의 소중함을 느끼게 하는 중요한 의미를 갖는다.

세계보건기구(WHO)는 1968년 홍콩독감과 2009년 세계적으로 유행한 신종인플루엔자에 대해 '팬데믹'(감염병 세계 유행)을 선언한 적이 있으며, 2020년 3월 11일 신종코로나바이러스감염증-19에 대해 사상 세 번째로 '팬데믹'을 선언하였다.

이와 같은 상황은 노인종합복지관, 요양병원, 중증장애인보호시설, 요양원 등 사회복지시설의 정상운영이 어렵게 되었음은 물론 국가적으로도 경제, 사회, 문화, 교육, 복지, 환경 등 모든 부문에 막대한 타격을 주고 있다.

또한 원격근무, 자가 격리, 사회적 거리 두기 등의 새로운 사회문화와 함께, 전통적 의료제도와 사회복지, 가족 개념에 대한 성찰을 이끌어내면서 향후 많은 변화가 예상되고 있다.

대부분의 사회복지서비스는 특성상 대면서비스 또는 찾아가는 서비스로 구성되어 있는데 비대면 서비스로 운영되다 보니 사회복지사들의 어려움은 더욱 가중되고 있으며, 사회복지 생활시설 종사자의 경우 주2회 코로나검사, 동선일지 작성 등 부수적인 일들이 추가되고 필수적인 보호서비스 제공과 감염병 확산 방지라는 두 가지 상반된 문제를 해결해야 하는 어려운 상황에 직면해 있다.

2020년부터 신종코로나바이러스감염증-19로 사회전반이 급격한 변화를 경험하고 있다.

그동안 일반화되어 있던 생활방식에도 큰 변화를 가져오고 있으며, 외출 시 마스크 착용, 30초 이상 비누로 손 씻기, 사회적 거리두기, 기침예절 등은 모든 국민이 실천해야 하는 사회적 규범이 되고 있다.

특히 사회복지 대상자의 어려움이 더욱 가중되고 있으며 사회변화에 따른 새로운 복지욕구가 발생하고 있다.

이제는 디지털 취약계층을 위한 고민이 있어야 하고 '복지프로그램 디지털화' 및 '돌봄서비스 네트워크' 강화 등 차별화된 복지서비스를 개발할 필요가 있다.

'커뮤니티 케어'라는 '지역통합돌봄시스템'을 조속히 정착시키고 사회복지 생활시설에 대한 감염병 예방대책과 지속적인 관리가 필요하다.

더불어 사회복지사 등의 처우 및 지위 향상을 위한 법률개정이 필요하고, 사회복지사들이 보다 행복하고 안전하게 근무할 수 있도록 함은 물론 정신적·신체적 폭력 피해를 막기 위해 차제에 '복지인 인권센터' 설치를 검토해야 한다.

국가와 지방자치단체는 복지현장 방역과 서비스 개선 대책 및 사회복지사에 대한 지원 대책에도 적극 나서야 할 때임을 제15회 사회복지사의 날을 맞아 주지해 주길 바란다.

김태춘 건양대학교 교수

출처 : 중부일보 – 경기 · 인천의 든든한 친구(http://www.joongboo.com)

장애인의 날을 맞아, 국민의 장애인에 대한 이해도

2021.04.19

4월 20일은 '제41회 장애인의 날'이다.

장애인의 날은 국민의 장애인에 대한 이해를 깊게 하고, 장애인의 재활 의욕을 고취하기 위한 목적으로 제정된 기념일이다.

1981년 UN총회는 '장애인의 완전한 참여와 평등'을 주제로 '세계 장애인의 해'를 선포하고 세계 모든 국가에서 기념사업을 추진하도록 권장하였는데, 우리나라에서도 '세계 장애인의 해' 기념사업의 일환으로 1981년 4월 20일을 '제1회 장애인의 날'로 정하고 매년 기념행사를 개최해 오고 있으며, 1989년 12월 개정된 '장애인복지법'에 따라 1991년부터 4월 20일이 '장애인의 날' 법정기념일로 공식 지정되어 오늘에 이르고 있다.

기념식은 대체로 장애인 인권선언문 낭독, 장애인 복지유공자 포상, 장애인 극복상 시상, 장애인 수기 발표, 장애인 고용촉진 캠페인, 장애인 돕기 바자회, 장애인 생산품 특별판매전, 축하공연 등으로 진행되고 있으나, 작년과 금년에는 코로나19 사태로 외부행사의 취소 내지 축소로 장애인들의 아쉬움이 크다.

현재 우리나라의 장애범주는 신체적 장애 12가지와 정신적 장애 3가지로 모두 15가지 범주로 한정하여 장애인복지법에 명시되어 있다.

이와 같은 법적인 장애범주는 장애인구의 규모나 서비스 종류, 복지재정 등과도 밀접한 관련이 있기 때문에 핵심적인 사안이다.

유럽이나 미국 등 서구 선진국의 경우에는 장애범주가 매우 포괄적이어서 신체, 정신의 기능적인 장애, 과업수행 능력, 개인적인 요인뿐만 아니라 환경적 요인에 의해 불이익을 받는 조건까지 포함하는 사회적 의미의 장애 등 포괄적인 장애 범위를 채택하고 있다.

따라서 우리나라도 국제적 기준이나 경제적 여건, 장애인의 욕구수준 등을 바탕으로 장애범주를 단계적으로 확대해 나가야 할 것이다.

우리나라는 장애인의 생활실태와 욕구를 파악하여 장단기 장애인 복지정책을 수립하기 위해 3년 주기로 장애인 실태조사를 시행하고 있다.

2017년에 시행된 장애인 실태조사 결과 전국의 장애인 수는 약 267만 명, 장애출현율은 5.39%, 장애등록율은 94.1%, 장애인구 중 65세 이상의 노인 비율이 46.6%, 장애인 가구 중 장애인 1인 가구 비율은 26.4%, 후천적 장애발생률은 88.1%로 나타나고 있다.

장애에 대한 사회적 인식의 개선과 장애등록과 연계되는 서비스 내용의 확대 등에 기인하여 장애등록률은 높은 수준을 유지하고 있다. 또한 사고(32.1%), 질환(56.0%) 등 후천적 원인에 의해 발생하는 장애인구에 주목할 필요가 있다.

즉, 후천적 장애의 비율이 높다는 사실은 모든 비장애인도 연령이 높아짐에 따라, 질병의 이환으로 또는 불의의 사고로 인해 장애인이 될 수 있다는 점을 의미한다.

누구라도 장애인이 될 수 있으며, 장애를 입은 사람도 특별한 존재가 아니라는 사실을 지속적으로 홍보하는 노력이 필요하다.

장애인의 사회적 차별경험을 조사한 결과 79.9%가 차별 경험을 하였다고 답하였다. 장애인의 일상생활을 도와주는 사람은 배우자 39.4%, 부모 21.1%, 자녀(며느리, 사위) 16.6%, 형제자매 3.7% 등으로 도움 제공자의 대부분이 가족 구성원(81.9%)인 것으로 나타나 여전히 가족의 부담이 높게 나타났다. 활동보조인, 요양보호사 등 공적 돌봄서비스 제공자가 주 도움 제공자인 비율은 13.9%로 낮게 나타났다.

장애인의 복지 욕구는 소득보장 41.0%, 의료보장 27.6%, 고용보장 9.2% 순으로 나타나고 있으며, 향후 이용 희망이 가장 높은 서비스는 장애인특별운송사업 37.1%(장애인콜택시, 해피콜 등), 장애인재활 병의원 36.1%, 장애인체육시설 21.0%, 장애인복지관 20.7%의 순으로 나타났다.

장애인복지 핵심 이슈 사항 중 장애와 고령화를 살펴보면, 65세 이상 노인의 장애출현율은 18.0%로 매우 높다. 고령화 비율이 15%를 넘어선 2019년 기준 노인인구의 증가는 장애인구의 증가를 의미한다. 왜냐하면 노화되면서 각종 질병이 발생하고, 장애로 이어질 가능성이 높기 때문이다.

장애노인은 일반노인이 경험하는 빈곤과 의료적 문제에 비해 훨씬 더 강도 높은 어려움을 경험한다. 노령화로 인한 신체적·정서적 취약함에 더해 건강한 노인들에 비해 경제적, 심리적, 신체적으로 더 많은 지원이 필요하기 때문이다. 이뿐 아니라 장애노인 부양문제도 장애노인의 어려움을 가중시키고 있다.

장애노인을 부양하던 가족의 기능이 약화된 반면, 이를 뒷받침해 줄 수 있는 사회복지서비스나 정책이 아직까지 많이 부족하기 때문이다.

2008년 7월 1일부터 노인장기요양보험제도가 시행됨에 따라 중증장애노인에 대한 간병이 제도화되기 시작했지만, 이 제도의 혜택을 받지 못하는 노인 중 장애가 있는 노인은 65세 이전의 장애인에게만 해당되는 활동보조인제도의 혜택도 받을 수 없기 때문에 더 취약한 보호 상태에 놓인다. 이에 장애인활동지원 만 65세 연령제한 폐지를 위한 '장애인활동 지원에 관한 법률' 개정이 필요하다.

또한 정부는 장애노인의 생계보장을 위한 경제적 지원 강화, 장애노인을 부양하는 부양자에 대한 혜택과 지원 강화, 장애 유형별로 특화된 서비스 제공, 장애노인을 위한 프로그램 접근성과 교통

편의 강화 등의 지원체계와 제도개선을 추진하여야 한다.

현대사회는 산업재해의 발생, 교통사고, 각종 질병 등으로 장애인의 수가 증가하고 있으며, 향후에도 새로운 사회문제의 발생으로 장애 인구는 늘어날 것으로 예측된다.

이러한 사회 변화 속에서 장애인에 대한 비장애인의 태도는 장애인들이 사회통합을 이루어 함께 살아가도록 하는 데 가장 주요한 요인이 된다.

장애인의 개성과 다름을 인정하는 사회의 태도 변화를 기대해 본다.

김태춘 건양대학교 교수

출처 : 중부일보 – 경기 · 인천의 든든한 친구(http://www.joongboo.com)

성공의 커다란 비결은
결코 지치지 않는 인간으로 인생을 살아나가는 것이다.

– 알버트 슈바이처 –
Albert Schweitzer

Chapter

5

지금의 김태춘

의왕시청
미래위원회 위원

미래위원회는 시장 직속의 자문기구로 시정 주요현안 및 발전 방안에 대한 시민과의 다양한 소통을 위해 시민과 전문가로 구성된 위원회로, 행정, 경제개발, 보건복지, 교육문화, 안전환경 5개 분과로 나눠 시정 발전을 위한 다양한 활동을 펼쳤다. 특히 전반기 교육문화 분과에서 활동하면서, 초, 중등 교육 및 도서관, 그리고 문화체육 분야에 대해 정책자문을 중점적으로 다루었다.

다만 한 가지 아쉬운 점은 각 위원을 위촉할 때, 각 분야의 전문성을 더 고려하면 훨씬 좋은 성과를 기대할 수 있겠다는 생각이다. 전부가 그런 것은 아니지만 일부 위원은 전문성이 부족해서 회의 진행 시 원활한 소통이 어려웠기 때문이다. 전문성이 떨어지니 건설적인 논의를 하기에는 역부족인 경우가 있으며 그럴 때마다 그저 정치적인 가십거리로 시간을 허비하는 경우가 있었다.

의왕시지속가능발전협의회 위원 및 정책팀장

나는 2018년도부터 의왕시지속가능발전협의회 사회문화분과 위원으로 활동하였으며, 2020년부터는 도시경제분과 위원과 정책팀장으로 활동을 하고 있다. 협의회는 주로 의왕환경한마당을 비롯해 탄소발자국 줄이기 운동, 의왕생물다양성탐사, EM수질개선 및 주민보급사업, 의왕기후대기학교, 우리 고장 바로 알기 체험답사교실, 푸른 의왕환경학교, 푸른 의왕 만들기 현장체험프로그램, 캠페인 활동과 사회봉사활동 그리고 정책 세미나 같은 일을 주로 한다. 2020년에는 사회정책팀장으로서 의왕시 주민자치회 시범실시에 따른 세미나를 개최하여 오전동과 내손2동의 주민자치회 출범에 정책적으로 기여한 바 있다.

의왕시지속가능발전협의회는 UN환경개발회의에서 채택한 지방의제 21추진정신과 지속가능발전법 취지에 따라 의왕시지속가능발전협의회 설치 및 운영조례에 의해 설립된 기구로서 지속가능한 발전을 추구하는 의왕시의 민관협력기구인데 그 설립목적과 배경 등을 살펴보면 다음과 같다.

▣ 설립 목적

의왕시지속가능발전협의회는 우리 사회의 인간과 자연이 공존하는 지속가능한 삶을 실현하기 위한 교육과 실천활동을 전개함으로써 지속가능한 발전과 지속가능한 삶의 기틀을 마련하여 미래세대로 계승한다.

▣ 설립 배경

1992년 UN환경개발회의를 통해 세계의 각 정부는 의제21(Agenda 21)을 채택하고 실천할 것을 약속한다. 우리나라에서도 의제21에 포함되어있는 '지방의제21(Local Agenda 21)'의 정신에 발맞추어, 각 지방정부는 지역에서 실천 가능한 지속가능발전의 실현을 위해 이바지한다.

▣ 의왕시지속가능발전협의회의 목표와 방향

● 목표

주민 공동체를 통한 지속가능한 사회발전과 자연과 인간이 어우러지는 미래지향적인 녹색 환경 도시 건설

- 개발과 보존이 조화롭게 이루어지는 삶의 질 향상
- 환경적으로 쾌적한 도, 농 복합 도시 조성
- 21세기 세계 속으로 발전하는 맑고 푸른 도시 건설

● **방향**

- 자연과 인간의 조화로운 공존을 꾀하는 살기 좋은 도시 건설
- 지구 환경 문제 해결을 위해 지역 주민 공동체와 연계한 광범위한 환경 활동 전개
- 대기, 수질 폐기물 등 환경오염원을 근본적으로 방지하고 척력하는 대책 마련

의왕환경한마당을 비롯해 탄소발자국 줄이기 운동, 의왕생물다양성탐사, EM수질개선 및 주민보급사업, 의왕기후대기학교, 우리 고장 바로 알기 체험답사교실, 푸른 의왕환경학교, 푸른 의왕 만들기 현장체험프로그램을 전개하고 있다.

출처 : 경기일보(http://www.kyeonggi.com)

주민자치위원회 위원 겸 감사

주민자치출범

나는 2019년도부터 의왕시 내손2동 주민자치위원회 위원 겸 감사로 활동하였다. 주민자치위원 활동은 지역 내에서 각종 사회봉사 활동이 주를 이룬다. 예를 들면 모락산 산불예방 현수막 게시, 봄철 산불예방 캠페인, 국경일 거리 국기달기, 지역 내 대청소 실시, 자연보호 환경활동, 학의천 노래자랑 개최, 공개강좌 지원, 헬스장 운영 등이다.

특히 사랑채노인복지관이 있는데 이곳에서는 매주 노인들에게 점심을 제공한다. 나는 그럴 때마다 이곳을 찾아 일부러 배식봉사를 하는데 그 자체로 나에게 특별한 즐거움을 주기 때문이다. 일찍이 부모님을 여윈 나는 할아버지 할머니 모두가 나의 부모님이라고 생각을 하고 봉사를 하니 더욱 즐거울 따름이다.

한편, 주민자치센터에서는 다양한 공개강좌가 늘 저렴한 수강료로 개설되는데 취미활동 내지는 여가활동으로 그 만족도가 높으며 특히 지역주민들에게 무척 유익한 프로그램으로 생각되었다.

▲ 의왕시 내손2동 주민자치위원회, 해빙기 안전점검 나서

의왕시 내손2동 주민자치위원회(위원장 정연남)는 봄철 해빙기를 맞아 해빙기 안전점검을 실시했다.

이날 점검에는 정연남 주민자치위원장과 주민자치위원, 조이현 내손2동장을 비롯해 전경숙·이랑이·김학기 시의원 등 20 여명이 참여했다. 참가자들은 재개발·재건축 지구가 집중되어 있는 내손2동 관내 건축물과 배수로, 가로수 경계석 및 도로 요철 등의 안전성을 집중 점검하고, 해빙기 토사유출 등에 의한 구조물 위험여부 등을 중점적으로 확인했다.

내손2동 주민자치위원회는 코로나19 사태 후 수시로 관내 골목길과 다중이용시설 방역활동에 나서고 있으며 재난기본소득 신청 안내 업무 등 봉사활동을 지속적으로 펼치고 있다.

의왕시 내손2동 주민자치위원회(위원장 정연남)는 지난 27일 관내 지역아동센터, 공부방, 비전스쿨 등 3개소에 이용 아동을 위한 사랑 나눔 물품을 지원했다.

출처 : 경기도민일보(https://www.kgdm.co.kr)

의왕시 내손2동체육회 이사 및 자문위원

어릴 때 운동회나 소풍을 갈라치면 설레는 마음에 전날 밤부터 잠을 설치는 경우가 있는데, 그때도 비슷했다. 오랜만에 느껴보는 설렘. 2018년 10월에 부곡체육공원에서 열린 의왕시민체육대회가 그랬다. 자는 둥 마는 둥 거의 뜬눈으로 밤을 지새며 기다리던 난 아침 일찍부터 서둘러서 부곡체육공원에 도착하였다. 살짝 피곤한 느낌이었는데도 운동장에 들어서니 갑자기 영양주사라도 맞은 듯 정신이 번쩍 들었다. 그래, 내가 누구냐, 체육왕 김태춘 아니더냐. 난 한걸음에 대기석으로 뛰어 들어갔고 잠을 설친 노력(?) 덕인지 우리 내손 2동은 종합 준우승을 하였다. 모두들 뛸 듯이 기뻐했다. 낮 운동이 끝났으니 이제 밤 운동을 할 차례. 체육대회를 다 마친 후 우린 누가 먼저랄 것도 없이 내손 2동으로 이동해 늘푸른식당에 모여 앉았다. 트로피에 막걸리를 가득 부어 돌아가며 마시자 분위기는 들뜨고 자연스레 누군가 노래를 시작했다. 그렇게 시작된 노래는 그칠 줄 모르고 이어졌다. 그렇게 모두들 노래를 부르며 얼싸안고 어깨동무를 하니 국민통합이 따로 없었다. 우린 그날 정말 한마음이었다.

그해부터 난 의왕시체육회 내손2동 체육회 이사 및 자문위원으로 활동하고 있다. 체육회는 지역주민의 건강을 지키는 생활체육과 지역사회봉사 활동을 하는 단체이다. 여전히 모두가 한마음으로 의왕시민체육대회 참가 등 주민들의 체육활동과 제반 사회봉사 활동 등에 전력을 쏟고 있다.

체육대회 1

체육대회 2

노인을 위한 나라는 있다

누구나 노인이 되지만 문제는 누구에게나 노년은 서럽다는 사실일 것이다. 나는 2019년 7월 1일, 경기도 의왕시에서 '한국노인복지연구원'을 설립했다. 설립목적은 노인복지심리상담, 노인건강상담, 청소년학습 및 진로상담, 그리고 노인복지와 관련한 강의 및 학술연구용역 등이다. 해마다 느끼는 일이지만 특히 노인 분들은 이야기를 들어주고 자기의 고민을 들어주는 것을 좋아하는데 이에 해결방안까지 제시해 주면 반응이 무척 좋다.

사실 노인으로서 살아간다는 것은 그 자체가 외로움이다. 현대화가 빠르게 진행되고 개인주의가 팽배할수록 그 현상은 심해지기 마련이고 그래서 이 기관을 만든 계기가 되기도 했다. 특히 우리 기관에서는 아울러서 청소년학습 상담과 진로상담도 해 주고 있는데 이 때문인지 인생을 슬기롭게 시작하는 준비와 인생을 슬기롭게 마무리하는 단계를 동시에 도와드리는 역할을 다하고 있다. 그래서 상담을 통해 많이 배우고 또 보람을 느끼고 있다. 앞으로도 더욱 많은 사람들이 참여하고 도움을 받으면 좋을 듯하다. 노인들은 우리가 생각하는 것 이상으로 많이 외롭기 때문이다.

더욱 열심히 매진하라는 뜻인지, 얼마 전인 2021년 11월에 (사)대한노인회 중앙회(회장 김호일)로부터 정책위원으로 위촉되었다. 이후 노인복지분야의 정책개발에 더욱 집중하라는 뜻이기도 한데 나 역시 이에 동의했고 앞으로 정말 노인을 위한 선진정책개발에 박차를 가할 계획이다.

대한노인회 정책위원 위촉

숨은 보물찾기

내가 본격적으로 의왕시 지역사회에 뛰어든 해는 2017년이다. 각종 사회단체는 물론이고 주민자치위원회, 체육회, 지속가능발전협의회, 미래위원회 등은 주민들의 삶에 직접적으로 관련된 곳들로서 지역사회의 방향과 흐름을 읽는 데 도움이 됐다. 뿐만 아니라 적십자봉사단, 방위협의회, 바르게살기협의회 등에도 가입했는데 단순히 지역 내 활동과 친목도모에서 그치지 않고 보다 현실적인 노력과 봉사를 위해서였다.

그런데 활동을 하다 보니, 문득 지역사회가 생각 이상으로 단체들이 많고 복잡하게 얽혀있다는 판단이 들었다. 물론 생각하기에 따라서 이러한 지역사회 단체들의 특징이 부정적으로 보일 수도 있게 마련이다. 그러나 적어도 내게는 긍정적인 신호로 다가왔는데 특히 지역사회 곳곳에 유능한 인재들과 우수한 정치적 역량들이 숨어있었고 그 수가 생각보다 많다는 점에서 그렇다. 이 말은 바꿔 말하면, 보이지 않는 유능한 힘들이, 숨어있는 훌륭한 보석들이 지역사회를 선순환하는 데 제대로 활용되지 못하고 있다는 뜻일 게다. 그래서 난 지역에서 정치를 해야겠다는 생각을 구체화하기 시작했다. 지역사회가 변화하려면 이러한 힘들이 모여야 하고 그러려면 정치적 활동이 필수이기 때문이다.

예를 들어, 의왕시는 2개의 호수와 3개의 산이 있어서 천혜의 자연 풍광을 가지고 있다. 너무나 감사한 일이다. 내 경우만 하더라도 이를 즐길 때가 많은데 우선 머리가 복잡해질 때면 산 밑 호젓한 카페를 들르거나 호숫가를 걷곤 한다. 그때마다 드는 생각이 또 있다. 문제는 이를 어떻게 보존하고 개발하느냐의 관점. 의왕시는 이렇게 좋은 환경을 태생적으로 가지고 있음에도 아직 갈 길이 멀다. 자연에 방해를 주지 않고 더불어 가꾼 곳도 많지만 다니다 보면 생각보다 많은 곳의 자연이 훼손되어 있어서 마음이 아프다.

아직은 장기적인 플랜이 없이 주먹구구식으로 도시 개발이 이루어지고 있다는 뜻이다. 나는 계획된 도시개발에 찬성한다. 그러나 자연을 살리며, 자연과 잘 어우러진 도시를 개발하자는 것이다. 이런 점이 전제되지 않는다면 개발은 난맥상으로 흐를 뿐이다.

뿐만 아니라 나는 오래전부터 의왕에 대한 청사진을 그려왔다. 내가 살고 있는 의왕시는 도농복합도시라는 특성을 갖고 있는데 어렸을 때 시골에서 성장기를 보내서인지 지금 의왕시에서의 생활이 무척 좋다. 특히 난 항상 수구초심이라는 단어를 마음에 품고 사는데 이러한 갈증을 해결해 주는 곳 역시 의왕시이다. 그렇기에 의왕이라는 지역사회에 봉사하길 원한다. 특히 의왕시를 교육특구도시, 경제도시, 복지도시, 미래현대도시, 아름다운 체육·문화도시로 가꾸고 싶은 욕망이 강하다. 우보만리(牛步萬里)와 진인사대천명(盡人事待天命)의 정신으로 지금까지 살아온 지금, 한결같은 마음으로 이제 인생에서 마지막 도전을 하고자 하는 것이다.

세월은 나에게 지혜와 용기를 주었다. 살아오면서 고비도 있었지만 그 모든 것이 나를 더 단단하게 키워준 뒷받침이 되었다. 앞으로 내게 남은 삶 역시 꾸준히 가꾸어서 후회 없는 인생을 살고 싶다. 이는 나 혼자만의 일신을 위한 것이 아니라 나를 둘러싼 주위 모든 소중한 사람들, 환경에 적극 기여하고 싶은 마음에서 비롯되는 신념이다.

내가 의왕시를 더욱 사랑하고 아끼며 내가 묻힐 곳이라 생각하는 이유이며 이렇게 지역사회를 위한 '정치'는 내가 이 사회에 할 수 있는 마지막 봉사이기 때문이다. 그래서 오늘도 난 열심히 달리며 숨은 보물찾기를 하는 중이다.

시간은 우리를 변화시키지 않는다.
시간은 단지 우리를 펼쳐 보일 뿐이다.

– 막스 프리쉬 –
Max Frisch

Chapter

6

의왕시의 역사와 유래

의왕시는 경기도 중서부에 자리한 수도권 도시로서 과천, 안양, 수원 등 6개의 시와 인접해 있다. 천혜의 자연환경에 도시화의 삽질이 어우러져 역동적으로 발전하는 희망찬 푸른 도시이기도 하다. 산과 물이 흐르는 천혜의 자연이 조화를 이루고, 도시고속철도와 사통팔달 시원하게 뚫린 교통망 덕분에 서울, 강남권 등에 접근성이 좋으며 특히 전체면적의 약 85%에 달하는 그린벨트는 사람 살기 좋은 쾌적한 도시로서 무한한 발전가능성을 지녔다.

이런 의왕의 유래는 우리 민족의 역사처럼 깊은 세월을 품고 있지만 시대적 필요와 상황에 따라 지명이 자주 바뀌는 수난을 겪기도 해 다사다난한 행정적 변화를 거듭해 왔다. 일찍이 삼국시대에는 이 지역을 차지한 나라가 한강 이남을 다스릴 수 있는 지정학적 요충지였으며 그 자체로 세력다툼의 현장이었고, 모락산성의 퇴락한 작은 흔적들은 천년의 그날을 무언의 침묵으로 말해주는 듯하다.

의왕이라는 지명을 갖게 된 시기는 우리나라에 개화와 쇄국의 정세가 요동치던 1895년, 본래 경기도 광주목이었다가 광주군이라는 현대적 행정지명을 가지게 된 것이 그 효시가 된다. 그 시절 이 땅에는 강대국들의 침략의 촉수가 태풍처럼 휘몰아쳤고, 급기야 1910년엔 일본에게 나라를 빼앗기는 슬픈 역사가 있었다.

슬프나 기쁘나 세월은 가는 법, 일제강점 4년이 지난 1914년 경기도 광주군 왕륜면과 의곡면을 통합하여 수원군 의왕(儀旺)면이 됐고 이후 1936년에 수원에 속해 있는 의왕면에 일형면(日荊面)을 합하여 일왕면(日旺面)으로 개칭된다. 이 해는 우리나라 손기정 선수가 베를린올림픽에서 2시간 30분 세계의 기록을 깨고 2시간 29분 19초로 우승한 해이기도 하다.

이후, 일제강점기를 벗어나 우리정부가 수립된 이듬해 1949년 화성군 일왕면으로 행정구역이 바뀌었다가 1963년에는 시흥군 의왕면으로 다시 의왕이라는 지명을 갖게 된다. 정치적 사회적으로 요동치던 1980년에 이르러서야 시흥군 의왕읍으로 승격되었다가, 1989년에 이르러 의왕시라는 독립된 행정도시로 오늘에 이르게 된다. 그나마 의왕(儀旺) 표기의 旺字에서 날 일변(日)을 뺀 임금 王 字를 써서 儀王이라 표기한 것도 2007년으로 멀지 않은 세월의 일이다.

의왕시 각 동의 지명유래

• 자연과 현대화가 어우러진 수채화 같은 청계동

의왕시의 제일 위쪽 청계산을 머리에 이고 있는 청계동은 자연의 신비로움과 현대화가 조화를 이루는 한 폭의 풍경화처럼 아름다운 마을이다. 마을의 유래 또한 깊다. 일찍이 조선시대 경기도 광주군 의곡면의 하청계동과 상청계동에서부터 마을이 있었음을 기록으로 알 수 있고, 1914년에 이르러 부령 제111호에 의거 수원군 의왕면 청계리로 오늘의 지명을 가지게 된다.

청계동을 이야기하려면 먼저 청계산을 짚어보아야 한다. 청계산은 주봉 망경대가 618m로 태고의 신비를 품은 명산으로 수도서울의 남쪽에 관악산과 더불어 좌청룡 우백호를 이루는 산이다. 산이 높고 장엄하며 숲이 울창하나 어머니의 품속처럼 아늑하고 정겨운

산이기도 하다.

이름이 처음부터 청계산은 아니었다. 고려시대 이색으로부터 산명을 얻으니 청룡산이라 했는데 이는 푸른 용이 승천하였다고 해서 얻게 된 산명이었다. 청계산이라 부르기 시작한 것은 김정호의 대동여지도에서부터이다. 청계(淸溪)라는 글의 어원이 맑은 물이 흐르는 계곡이라는 뜻이니 태고의 신비를 간직한 채 어우러진 숲과 계곡마다 흐르는 명경지수는 한 폭의 산수화를 보는 듯하다.

청계산에는 고려 충렬왕 때 창건한 청계사가 있다. 천년 고찰로 조선시대에는 선종의 총본산이었으며 불심 깊은 수도도량으로 1701년 조선 숙종 27년에 제작된 보물 제11-1호인 동종이 있다. 건설부고시 제465호로 1971년 8월6일 청계산자연공원으로 지정되기도 하였는데 많은 역사적 유적이나 한 시대를 주름잡던 영웅호걸에서 충신열사와 고고한 학자들이 숨결이 깃든 곳이다.

청계동의 지명은 그 역사를 대부분 의왕시와 같이한다. 1914년 3월 1일 수원군 의왕면 청계리이었다가, 1949년 8월 15일 수원군 일왕면 청계리. 1963년 1월 1일에는 시흥군 의왕면 청계리, 같은 해 3월 1일 시흥군 의왕읍 청계리였다가 의왕이 시로 승격되는 1989년 의왕시 청계동이 된다.

청계동을 거명하면서 반드시 짚고 넘어가야 할 곳이 하우현성당이다. 천주교가 이 땅에 전도된 후, 인간이 생사여탈을 쥔 이로 왕을 섬기는 것이 아니라 천주를 섬기고, 양반을 받드는 대신 천주 앞에 모든 사람이 평등함을 믿고 행하는 천주교는 특정세력에 대한 도전이었고 그 결과 순교라는 냉엄한 현실에 직면했다. 이들 천주교 신자들이 순교를 피하여 울창한 수목에 맑은 물이 흐르는 곳에 모이니 교우촌이 형성되었다. 박해를 피해 천주교인들이 자연스레 모인 이곳은 하늘이 덮고 땅이 감추는 천하의 요지였다.

1886년 한·불조약이 체결되고 1894년 신교의 자유를 얻은 천주교인들이 강당 10칸을 건축했고, 현재의 성당은 1965년 건립된 것이다. 1906년 건축한 사제관은 한·불건축양식의 조화로 경기도 기념물로 지정되었다. 도시가 인간의 작품이라면 자연은 신의 작품이라고 했다. 그래서 지금 청계동은 신과 인간이 어우러져 발전하는 곳이다.

• 모락산과 학의천의 조합 명당터 내손동

모락산 정상 위로 번지는 낙조는 애잔하다. 한 시대 역사에 주역이 될 수 있는 왕자의 자리를 박차고 이곳에 토굴을 파고 이름까지 바꿔가며 살았던 어느 이의 삶의 자리, 그 무거운 삶의 자리에서도 산의 정상에 올라 국태민안과 한양의 평안을 간절히 기원했다는 문무를 겸비한 대장부 세종의 넷째아들 임영대군의 이야기이다.

임영대군은 세종이 1418년 22세로 왕위에 오른 후 처음 낳은 아들로 세종의 사랑이 각별했으나 둘째 형인 수양대군의 계유정란 후 이곳에 왔다고 한다. 역사란 많은 사람들이 동의한 전설이라 하지만 모락산에 대하여 역사는 그렇게 기록하고 또 전해져 오고 있다.

모락산은 의왕시의 중심에 있는 산으로 내손동의 갈뫼마을에서 한글공원 그리고 능안 마을을 접하고 있으며, 오전동 성 나자로 마을을 포옹하고 있다. 그러나 내손동에 속한 산이라는 말에 무게가 실린다. 내손동은 서쪽에 모락산이 있으며, 북쪽에는 청계산 계곡에서 흘러나오는 물과 백운저수지에서 흘러내리는 물이 합쳐서 학의천을 이루는 산천(山川)이 조화를 이루는 마을이다.

법정동인 내손동은 행정동으로는 내손 1, 2동으로 나누어져 있다. 거슬러 올라가면 조선시대에는 경기도 광주군 의곡면 자연부락 의일내동이라 불렸는데 여기서 내 자를 따고 접해있는 손동이라는 마을에서 '손'자를 따서 내손리라 부르는 데서 유래했다. 일제강점기인 1914년 갈산동을 병합하여 수원군 의왕면 내손리라는 현재의 지명을 가지게 되었다.

해를 더해 1936년에는 수원군 일왕면 내손리로 바뀌었고, 우리 정부가 수립되고 일 년이 지난 1949년에는 화성군 일왕면 내손리가 된다. 1963년에는 화성군에서 시흥군으로 바뀌어서 의왕면 내손리라고 했다. 1980년에 이르러서 의왕이 읍으로 승격되자 의왕읍 내손리가 되었다가 1983년에는 의왕읍 동부출장소에 속하게 되고, 1989년에 이르러서 지역주민들의 간절한 소망대로 의왕읍이 의왕시로 승격하자 내손리는 내손동으로 승격한다.

법정동인 내손동은 행정동으로 내손 1, 2동으로 구분되고, 서울외곽순환고속도로가 그 중심을 가로지르고 있으며, 능 안에 있다고 해서 능안마을, 송골, 윗말 등의 별명도 가지고 있다. 한글공원, 보물 제419호인 삼국사기(3-5권) 임영대군 사당과 교육기관으로 계원조형예술대학교가 있다.

• 조상들의 숨소리가 들릴 것 같은 오전동

오전동이라는 지명을 갖게 된 것은 그리 오래된 세월은 아니다. 조선시대에 경기도 광주군 왕륜면에는 오마동(五馬洞) 전주동(全朱洞) 등곡동 등 자연부락이 있었다. 흰 옷 입은 선조들의 기침소리가 들릴 것 같은 별다를 것 없는 그런 농촌마을이었다. 그러다가 등뒤로 잉크 번지듯 흐르는 덧없는 세월 속에서 일제강점기를 맞았고, 1914년 부령 제111호에 의거하여 오마동에서 '오'자와 전주동에서 '전'자를 따오고 인근 부락을 합하여 수원군 의왕면 오전리라는 지명을 가지게 된다.

말없는 산천 위에 세월의 그림자가 드리웠다가 지기를 반복하며

1936년이 되었고 10월 1일에 수원군 일왕면 오전리로 면의 지명이 바뀐다. 땅의 역사야 변함이 없건만 인간세상만사는 변화무쌍한 것, 해방이 되고 우리 정부가 들어선 후 꼭 일 년이 지난 1949년 8월 15일에 화성군 일왕면 오전리가 된다. 1963년 1월 1일에는 군이 바뀌어서 시흥군 의왕군 오전리가 되었고, 1980년 의왕이 읍으로 승격되므로 의왕읍 오전리에서 1989년 의왕읍이 의왕시로 승격함에 오전리도 오전동으로 승격되었다.

특히 오전동에는 조상들의 삶의 온기를 느끼게 하는 지명을 가진 마을이나 우물, 유적들이 많다. 오전동에 속한 이런 마을로는 오매기가 있다. 원래는 이곳에 문씨, 문화 류씨, 광주 노씨, 진씨, 마씨가 각각 1막(幕)을 지어 생활하여 오막동(五幕洞)이라고 부르다가 조선후기에 이르러 오매기라 부르기 시작하였는데 삼남으로 가는 길 중에 가장 아름다운 길이었다고 한다. 가운데말도 오전동에 속한 마을인데 뒷골과 사나골의 중간에 있는 마을이라고 해서 가운데말이라고 부르게 되었다고 한다. 백운동부락은 오전저수지 아래에 있는 마을로 백운산 아래에 자리하여 백운동이라 부르게 되었다고 한다.

옻우물 마을에는 전해오는 구전이 있으니 이곳에 살던 생원의 아들이 피부병을 얻어 백약이 무효한 가운데 시주승에게 큰 시주를 하였고, 그 보답으로 지금의 오전동 133번에 우물을 파게 하니, 피부병을 앓는 사람 특히 옻으로 인한 피부병에 효험이 있어 마을 이름을 옻마을이라고 부르게 되었다고 한다. 오전동에는 성나자로원 마을도 있다.

우리의 원시조상들은 모름지기 물과 평야와 산이 있는 곳을 삶의 터전으로 택하는 지혜를 가지고 있었는데 오전동이 이 조건에 딱 맞는다. 백운산에서 흘러내리는 맑은 물에서 살찐 물고기를 잡고, 지금의 주택지인 평평한 땅에 거주지를 정해 모락산에서 나무를 흔들면 탐스런 실과가 우르르 떨어지는, 그야말로 사람들이 살기에 삼위일체를 갖춘 명당 터가 된다. 그래서 오전동에는 전설이나 구전으로 전해오는 것들이 많으며 옛 선조들의 기침소리가 바로 옆에서 들리는 듯 유서 깊은 곳이다.

• 오봉산 정기 받은 의왕시 행정중심의 고천동

아직 조선반도가 쇄국의 혼미함 속에서 깨어나지 못한 조선시대 말. 고천동은 경기도 왕륜면의 고전동, 내곡동, 평사천, 고고리로 나뉘어져 있었다. 세상은 시간과 공간에 머물러 있는 것이 아니라 끊임없이 변한다. 우리나라가 일제강점기라는 아프고도 슬픈 시대로 접어든 1914년에 부령 제111호에 의거, 광주군에서 수원군 의왕면 고천리가 되었다. 그러나 빼앗긴 나라의 산천에도 계절은 오고 갔고, 1936년 10월1일을 맞아서 또 한 번 새로운 지명으로 바뀌니 수원군 일왕면 고천리가 된다.

일제 강점기는 다행히 동굴이 아니라 터널이었다. 해방이 되고 흰 옷 입은 백성들의 감격의 숨소리가 채 가시지 않은 해방 이듬해인 1949년 8월 15일에 경기도 화성군의 일왕면 고천리가 되었다가, 1963년 새해의 태양이 붉게 빛나던 1월 1일에는 화성군에서 시흥군 의왕면 고천리로 군이 바뀐다. 1980년 의왕면이 의왕읍으로 승격하자 고천리가 되기에 이른다.

명실공히 수도권 도시로 면모를 일신하여 1989년 새해 첫날인 1월1일 의왕읍이 의왕시가 되고 고천리는 고천동이라는 현대적 행정동명이 되었다. 고천동이라는 지명은 고고리와 고정동에서 '고(古)'자를, 평사천에서 '천(川)'자를 각각 따와서 고천동이라 부르게 되었다. 고천동은 오봉산의 품안에 안긴 어린아이처럼 의왕시청사가 자리 잡고 있으며 그 줄기를 따라 의왕경찰서, 의왕시보건소, 의왕소방서와 아름채노인복지관 등이 모여 있는 의왕시의 중심이다. 그 밖에 고천동에는 자연취락부락으로 안골, 평사촌, 고고리 등이 있다.

• 의왕시 승격으로 4개의 행정동이 된 부곡동

부곡동은 의왕시의 남부지역에 자리하며 남쪽으로는 왕송호수가 자리하고 있으며 북쪽으로는 오봉산이 있다. 부곡동이라는 동명을 가지게 된 것은 그리 오래전의 일이 아니다. 1989년 의왕읍이 의왕시로 승격하게 되자 초평동, 월암동, 삼동, 이동의 4개 법정 동을 관장하는 부곡동이라는 행정동명을 가지게 된다.

부곡이라는 지명은 의왕에서 유일하게 기차정거장이 있는 경부선의 부곡역이 있는 마을이라는 의미로 부곡동이 된다. 그러나 지명의 유래를 더듬어 올라가노라면 그 지명의 유래는 깊고도 멀다. 1905년 경부선이 개통되면서 부곡역이 정거장으로 영업을 시작하였고, 1974년 전철 1호선의 역이 되기에 이른다. 2004년에 이르러서는 부곡역에서 의왕역으로 역의 이름이 바뀐다.

지명의 유래는 조선시대에는 안산군 월곡면과 광주군 왕륜면에 속해 있었다. 1914년에는 이 지역이 두 지역으로 나누어져 북쪽 지역은 수원군 의왕면으로 남쪽으로는 수원군 반월면에 속하게 된다. 해방이 되고 우리 정부가 수립된 1949년에는 화성군 일왕면과 반월면으로 행정구역이 바뀌고, 1983년에는 시흥군 의왕읍 이동, 월암리, 초평리로 되었다가 1989년 의왕읍이 의왕시로 승격하면서 4개의 법정 동을 관장하는 부곡동이 되기에 이른다.

법정동인 월암동은 조선시대에 광주군 월곡면에서 '월'자와 마을의 주변에 있는 산에 바위가 많다고 해서 바위 '암' 자를 따서 월암이라고 부르게 되었는데 특히 초평동이라는 지명의 유래가 흥미롭다. 초평리 일대는 원래 넓은 평야에 초목이 무성한 숲을 이룬 지역이었다. 그러나 조선시대로 접어들면서 인구가 늘어났고, 사람들이 이곳에 터를 잡고 생활을 시작하니 초목 속에 있는 마을이라 해서 초평리라 부르게 되었다.

이동은 조선시대 경기도 광주군의 왕륜면이었다가 일제강점기의 1914년 전국적인 행정구역 개편 때 교동, 창계리, 묘동, 신촌, 가동, 궁촌, 신기촌을 통합하여 수원군 의왕면 이리가 된다. 행정적인 편의를 위해 만든 마을이었다. 삼동은 조선시대 광주군의 왕륜면에 속해 있다가 상장의, 하장의 괴동을 합해 수원군 삼리가 법정동 삼동으로 되었다.

지금 부곡동은 철도박물관, 왕송호수의 레일 바이크에 도시고속철 등이 있고, 현대화의 삽질과 희망과 발전을 향한 숨결이 가쁘다.

* 참조 : 한국지명유래집, 두산백과, 의왕문화관광사이트

의왕시를 대표하는 의왕 자연 8경

도시가 인간의 작품이라면 자연은 신의 작품이라고 할 것이다. 우리 의왕시는 85%가 그린벨트이고 신의 걸작품처럼 경관이 아름답고 산천이 수려하다. 지금 날로 오염되어 가는 지구의 환경, 이런 현실 속에서도 밝음은 어둠이 있기에 더욱 밝게 보이는 것처럼 의왕은 푸르고 쾌적한 도시이기로 더욱 존재감이 돋보인다. 푸른 도시 희망에 찬 의왕 자연8경을 찾아본다.

역사가 숨 쉬는 모락산

모락산은 의왕시의 중심에 있는 산으로 해발 385m의 그리 높은 산은 아니지만 지정학적으로 요충지요 깊은 역사의 사연을 품고 있다. 모락산 해돋이 행사를 하는 부근에는 그 옛날 산성의 흔적인 듯 세월에 외면당한 채 무심하게 돌들이 놓여있음을 볼 수 있다.

수리산과 더불어 한양에서 삼남으로 가는 유일한 국도 1호로 일찍이 삼국시대부터 세력다툼의 장이었음을 말해주는 듯하다.

모락산은 그 중요함을 입증이라도 하려는 듯 또 한 번 역사에 삽질하는 아픔을 겪어야 했으니 1950년 한국전쟁 때에는 국군과 중공군이 수차례에 걸쳐서 뺏고 빼앗기는 전쟁을 겪어야만 했고 젊은 생명의 영혼들을 먼지처럼 가볍게 떨구어야 했던 슬픈 현장이기도 하다.

임영대군이 매일 산의 정상에 올라 경복궁을 향해 망배례를 올리며 종묘사직의 번영을 기원하였다는 모락산의 정상에 오르면 시흥과 수원, 안양의 평야가 한 폭의 산수화처럼 펼쳐져 과연 요충지임을 깨닫게 한다.

모락산

심신을 씻어내는 백운산 계곡

백운산은 의왕시와 수원시 용인시의 경계를 이루고 있는 해발 567m의 산이다. 지금 의왕은 물론 서울에서까지 명소가 된 백운호수의 뒤편에 있으며 조선시대 정조가 선친의 유택인 수원의 융릉을 참배한 후 한양으로 돌아가는 길에 들렸을 만큼 명산이다.

특히 백운산은 대대로 산세가 깊으며 수림이 무성할 뿐 아니라 산의 능선은 582m의 광교산, 그리고 428m의 바라산과 연결되어 있어 종주가 가능하다. 무엇보다 백운산의 진면목은 계곡이다. 신이 빚어 놓은 것처럼 아름다운 풍광에 왕곡동 끝자락에는 백운사가 있으며 계곡을 흐르는 맑은 물에는 가재나 버들치 등 일급수에 사는 물고기 등이 산다. 계곡의 숲 사이를 수줍은 듯 빠져나가는 바람결을 맞으며 백운사에서 마시는 약수는 세속의 탐욕을 씻어내기에 충분하다.

백운산계곡

새로운 명소가 된 백운호수

백운호수는 수도권의 새로운 관광명소로 자리 잡아 관광객들의 감탄사가 호수의 물결을 미소 짓게 하는 명소이다. 이 호수는 1953년 6.25 한국전쟁이 휴전되는 해에 평촌평야에 농업용수를 대기 위해 일부러 저수지를 만든 것이 그 시작이다. 당시에는 전쟁으로 폐허가 된 이 강산의 굶주린 민초들을 위해 식량을 생산하는 것이 다급할 수밖에 없었을 것이다. 이렇게 민초들의 생존을 위해 만들어진 곳에 지금은 그 주변으로 라이브 카페와 음식점, 백운지식문화밸리 등이 있어 편안한 휴식과 더불어 운동까지 즐길 수 있는 새로운 명소로 각광받고 있다.

백운호수

오봉산 병풍바위

현재의 의왕시청 바로 뒤에 있는 산이 오봉산이다. 말 그대로 봉우리가 다섯 개라고 해서 얻어진 산명이다. 이 오봉산 기슭에는 묘가 하나 있는데 다름 아닌 조선 숙종 때 이조판서를 지낸 청풍 김씨 안백의 부인 안동 권씨 묘소이다. 그 후 이 지역의 청풍김씨 문중에서 6정승이 태어났다고 해 풍수상으로도 하늘이 감추고 땅이 숨기고 싶은 천하의 명당이라고 일컬어진다. 이 오봉산의 중턱에 바위 하나가 놓여있는데 높이 18m에 폭 8m 즈음의 그리 높지 않은 바위이다. 이 바위가 바로 오봉산 병풍바위인데 의왕시의 자연8경에 들어간다.

오봉산 병풍바위

전국적인 명소로 떠오른 왕송호수

왕송호수는 행정동으로 부곡동이며 법정동으로는 초평동 일원에 있는 호수이다. 우리 정부가 수립된 1948년 1월에 만들어진 제방의 길이 640m의 호수이다. 수면이 넓어 잉어니 붕어 등 각종 물고기가 서식하며 먹이사슬의 자연스런 현상으로 철 따라 130여 종의 철새가 도래하는 곳이어서 생태학습을 위해 학생들이 줄지어 찾는 곳이기도 하다. 특히 왕송호수의 호반에 정취를 느끼며 감상할 수 있는 레일바이크는 전국적으로 널리 알려져 있다. 연꽃습지에는 8월 제철을 잊지 않고 매년 꽃들이 피어나고 있어 추억이 잠들기 전에 또 하나의 추억을 가슴에 담을 수 있는 아름다움을 선사한다. 특히 호수의 주변에 자리한 철도박물관은 우리나라의 철도 역사를 한눈에 볼 수 있는 역사의 현장이기도 하다.

왕송호수

임영대군 사당

임영대군은 세종의 넷째 아들이다. 무예가 출중하고 학문 또한 뛰어나서 아버지의 사랑을 독차지했다. 그러나 부왕이 승하하고 맏형인 문종마저 왕위에 즉위한 지 2년 3개월 만에 승하하는 바람에 12살 어린 조카인 단종의 왕위를 둘째 형인 수양이 찬탈하는 사건이 벌어지는, 이른바 '계유정란'을 겪어야만 했다. 누구보다 명석한 임영대군은 이러한 시대적 현실이 아프고도 슬펐다. 그래서 그는 왕실의 부귀와 영화를 먼지처럼 가볍게 떨치고 이곳 모락산에 은거하며 여생을 보냈다. 묘역은 내손동 산154-1번지에 있으며, 사당은 신주를 모신 묘역에서 동쪽으로 200미터 거리에 있는데 이 묘역은 경기도 문화자료 98호로 지정돼 있다.

임영대군사당

청계사

청계사

청계사는 의왕시 청계산 자락에 있으며 행정동인 청계동에 속해 있는 천년 고찰이다. 대한불교조계종 2교구 본사인 용주사의 말사이다. 신라시대에 창건되었으며, 대찰의 모습을 갖춘 것은 1284년(충렬왕 10년) 시중 조인규가 막대한 사재를 투입하여 중창하고 그의 원찰로 삼은 뒤부터이다. 그때부터 이 절에는 100명이 넘는 수도승이 상주하였다. 자손들이 여기에 그의 사당을 짓고, 전장과 노비를 두어 대대로 제사를 지냈다.

1407년(태종 7년) 조정에서는 이 절을 자복사로 지정하고 천태종에 소속시켰으며, 1431년(세종 13년) 조인규 영당을 중건하였고, 연산군이 도성 내의 사찰에 대한 폐쇄령을 내렸을 때 이 절은 봉은사를 대신하여 선종본찰의 기능을 행하는 정법호지도량이 되었다. 광해군 때는 이 절의 소속 전장과 노비를 모두 관에 소속시켰고, 1689년(숙종 15년) 3월 화재로 모든 건물이 불탔을 때 성희가 중건하였다. 1761년(영조 37년) 정조가 동궁으로 있을 때 이 절에 원당을 설치한 뒤 밤나무 3천 주를 심고 원감을 두었으며, 1798년(정조 22) 조무의의 시주로 중창하였다. 1876년(고종 13년) 3월 26일, 실화로 수십 칸의 건물이 소실되자 4년 후인 1879년에 음곡이 중건하였다. 일제강점기에는 종교 탄압정책으로 겨우 명맥만을 유지하여 이어 오다가 1955년 비구니 아연이 주지로 취임한 뒤 중창을 시작하였고, 월덕, 탄성, 월탄 등이 그 뜻을 이어 당우를 회복하였다.

현존하는 당우로는 극락보전을 비롯하여 삼성각, 산신각, 종각, 수각, 봉향각, 대방 등이 있다. 이 중 극락전은 정면 3칸, 측면 2칸의 익공양식으로 처마는 이중이고 지붕은 팔작지붕이다. 사인비구가 제작한 동종이 보물 제11-7호로 지정되었으며, 청계사 소장 목판이 경기도 유형문화재 제135호로, 신중도가 경기도 유형문화재 제274호로 지정되어 있다. 절 입구에는 경기도 유형문화재 제288호 청계사사적기비와 경기도 문화재자료 제176호 청계사조정숙공사당기비가 있는데 특히 사찰 주위의 계곡이 압권이다.

하우현성당

하우현성당은 신앙의 자유가 없던 구한말 천주교 신자들이 순교를 피하여 자연스레 모이게 된 곳으로 천주교 신자들에게는 성지와 같은 곳이다. 1884년에 하우현은 공소공동체의 모습을 갖추고 뮈텔(Mutel) 신부 등이 정기적으로 순방하여 전교하였다. 이때까지도 한국 천주교회는 박해하에 있었기 때문에 뮈텔 신부는 상복으로 변장하고 은밀히 하우현을 방문하였다고 한다. 1886년 한불조약의 성립으로 한국 천주교회에는 신교의 자유가 허용되기 시작했다. 이 조약이 비준된 이듬해인 1888년 7월 왕림(갓등이)이 최초로 본당으로 승격하여 하우현의 모(母)본당으로 하우현까지 관할하였다.

하우현성당

의왕시에 대하여

• 의왕시 연혁

1895 — 광주목에서 광주군으로 개칭

1914 — 광주군 의곡면과 왕륜면을 통합, 수원군 의왕면으로 변경

1936 — 수원군 일왕면으로 개칭

1949 — 화성군 일왕면으로 변경

1963 — 시흥군 의왕면으로 변경

1980 — 시흥군 의왕읍으로 승격

1983 — 의왕읍 동부출장소 설치

1989 — 의왕시로 승격

1993 — 시청소재지 변경

2007 — 의왕시 한자명칭 변경(儀旺市 -> 義王市, 법률 제8244호)

• 의왕시 현황

인구현황	64,709세대 163,208명 (2021.2.28. 기준)
면적	54,038km² (경기도의 0.5%)
개발제한구역	45.687km² (시 면적의 84.6%)
행정구역	6개 행정동, 196통, 1053반
행정기구	4국, 1의회, 29과 담당관, 2직속기관, 1사업소, 6개동
재정규모	5,080억 원 (2021년 본예산)
일반회계	4,263억 원
특별회계	817억 원
기업체	603개 업체 (2020. 12월말 기준) 대기업 2개, 중소기업: 601개
학교	28개교
대학교	2개
고등학교	5개
중학교	7개
초등학교	14개

• 행정동별 관할구역

고천동	고천동 전체
왕곡동	왕곡동 전체
오전동	오전천로 52, 54
부곡동	
이동	이동 전체
삼동	삼동 전체
월암동	월암동 전체
초평동	초평동 전체
오전동	오전천로 52, 54 제외한 전체
내손1동	내손동 일원
내손2동	내손동 일원
포일동	포일동 일원
청계동	청계동 전체
학의동	학의동 전체
포일동	포일동 일원
내손동	내손동 일원

• 의왕시 시민헌장

백운산의 맑은 정기와 청계산의 높은 기상을 이어받은 우리 의왕 시민은 정의와 평화의 봉사자로서, 내 고장 의왕을 지상낙원의 값진 터전으로 만들고자 뜻을 모은다.

이에 우리는 다음과 같이 헌장을 마련하여 마음에 깊이 새겨 다짐한다.

우리는 의왕의 이름 따라 참되고 올바른 길을 힘차게 걷는다.

하늘이 주신 정겨운 내 고장 자연을 몸소 배우며 정성껏 가꾼다.

믿음과 최선으로 서로 화목하고 돕는 정신을 실행한다.

근면과 검소로 풍요롭고 알찬 생활을 이룩하는 데 앞장선다.

어른은 어린이에게 꿈을 키워주고 자라나는 세대는 웃어른을 섬기는 심성을 닦는다.

우리는 이와 같은 의왕인이 된 것을 자랑스럽게 여기며 내일의 이상적 한국인으로서 세계문화 창출에 이바지하는 보람으로 오늘을 기쁘게 다져 나간다.

성숙하다는 것은 다가오는 모든 생생한 위기를
피하지 않고 마주하는 것을 의미한다.

– 프리츠 쿤켈 –
Fritz Kunkel

Chapter

7

명사의 글

명사의 글

디지털 문명이 가져오는 탈진실(Post truth)사회

이원묵

건양사이버대학교 총장
(전) 건양대학교 총장
(전) 국립 한밭대학교 총장

디지털 문명은 인간에게 축복이지만, 문명발달의 부작용으로 대재앙인 X-이벤트(Extreme event)발생 가능성을 학자들은 경고하고 있다. 미래학자들은 슈퍼 코로나바이러스 출현, 블랙아웃(대정전), 핀테크와 암호화폐로 인한 은행 소멸, 그리고 기후변화 등 수많은 X-이벤트 발생이 인류사회를 파멸시킬 수 있다고 한다. 그중 필자가 가장 우려하는 것은 인류사회가 불신 사회로 전환되는 탈진실(Post truth) 사회의 출현이다. 정신문화의 재앙은 폐해가 크고 치유가 오래 걸리기 때문이다. 탈진실 사회는 개인의 신념이나 감정이 진실과 합리성보다 우선하여, 거짓과 가짜가 대중 공감과 사회적 정서를 지배하는 사회를 말한다. 즉 지금까지 인간사회의 질서를 지탱해 온 인간 본성(Humanity: 인본) 가치인 진실과 자유 그리고 인간존엄성의 상실을 의미한다. 인간은 사회적 동물이기에 그동안 이 가치로 질서유지를 위한 사회계약을 지켜왔다. 진화학자들은 농경사회를 포함한 인지 혁명의 초기 인류사회를 호모 사피엔스 1.0시대라 하고, 종교지배에 의한 교리와 인본 가치에 기반을 둔 자연 순화형 사회였다 한다. 과학 문명이 발전한 산업혁명 시대인 호모 사피엔스 2.0시대는 자연 극복형 사회로, 도덕과 법에 기반을 둔 계약사회였다. 미래학자들은 현재 디지털 혁명에 의한 인공지능사회의 호모 사피엔스 3.0시대는 인류사회를 재구조화하는 시대라 한다. 전통적 아날로그 사회에서 디지털 사회로 변화되고, 이에 따른 사회문화의 기반과 체계를 새롭게 만들어 가고 있지만, 인본 가치가 지켜져야만 X- 이벤트를 막을 수 있다고 단언한다.

인터넷과 소셜 미디어와 같은 초연결, 초지능, 초융합 특성의 디지털 문화가 인류 사회문화를 크게 변화시키고 있다. 특히 정보의 무제한성, 동시성 그리고 비대면의 특성이 삶의 패턴에 주는 영향은 매우 크다. 우리 사회가 대중적 공동체 중심조직인 플랫폼 사회에서 개별중심인 프로토콜 사회로 변화함으로써, 전보다 다양하고 정교한 복합구조로 바뀌고 있다. 이 와중에 딥페이크(Deepfake) 기술과 인공지능 알고리즘을 활용한 허위-조작 정보(Misinformation)

나 가짜뉴스(Fake news)가 소셜 미디어를 통해 진실로 둔갑하는 불신 사회가 확대되고 있다. 결국 서로 다른 프로토콜의 진영과 이념, 그리고 세대 간의 상호 갈등과 불신을 유발하는 탈진실 사회가 되고 있다.

요즘 정치 선거운동을 보면, 마치 히틀러의 나치스 정부와 볼셰비키 공산혁명에서나 볼 수 있는 정치선전 선동 수단인 프로파간다(Propaganda) 수법을 보는 듯하다. 선거에 디지털 기술이 활용되어 2016년 미국 대통령 선거를 비롯한 각종 서구권 선거에 퍼졌던 허위 조작 정보의 출처가 러시아 정부와 연계된 정보전으로 드러났고, 우리나라에서도 지난 대선에서 댓글 조작 사건인 드루킹과 팔로우 봇(Followbot)이 사용된 사례가 있다. 프로파간다는 거짓말, 조작, 왜곡, 제인 조종, 심리전, 기만, 세뇌 등을 활용하는 공산주의 선전 선동 기술이다. 더구나 딥페이크와 인공지능 알고리즘 기술은 대중심리와 기억을 사로잡고, 이목을 끄는 힘이 있고, 도덕적 감정까지 자극하여 대중의 공감을 얻어 소셜 미디어에서 빠른 확산성을 보인다. 여기에 보이스 피싱과 비디오 피싱 기술까지 더해지면 가짜뉴스와 허위 조작 정보의 위력은 더욱 크게 확대된다.

천재 물리학자 스티븐 호킹은 '인류가 인공지능의 잠재적 위험에 대처하는 방법을 숙지하지 못한다면 인공지능은 인류 문명사에서 최악의 재앙이 될 수 있다' 하였다. 요즘 한국 정치를 보면 진실을 찾기 어렵다. 비전은 안 보이고, 소셜미디어상에서 딥페이크와 인공지능 알고리즘 기술까지 동원되어 정교하게 만들어진 프로파간다와 국민을 기만하는 포퓰리즘만 쏟아낸다. 건전한 자유민주주의 유지를 위해 인본 가치는 지켜져야만 한다. 18세기 산업혁명의 폐해를 노래한 윌리엄 블레이크의 '악마의 맷돌'이 '천사의 맷돌'로 변하여, 디지털 문명은 반드시 인류의 축복이 돼야 하기 때문이다.

공직자는 공렴이 시대정신

김상홍

(전) 단국대학교 부총장, 명예교수

서양사회를 지탱해 온 것이 기사도정신이라면, 동양사회를 유지해 온 것은 선비정신이다. 선비정신의 핵심은 공렴(公廉)이다. 청렴(淸廉, Integrity)은 성품과 행실이 고결하고 탐욕이 없는 것이고, 공렴은 성품과 행실이 공정하고 청렴하며 강직한 것이다.

공렴은 공직자의 책무이다. 공직자가 부패와 동침(同寢)하지 않고 깨끗하다고 해서 책임과 의무를 다한 것이 아니다. 업무에서 ① 편가르기와 ② 이중 잣대와 ③ 내로남불을 하면 부패(Corruption)보다 그 피해가 더 크다. 즉 공렴이 무너지면 수많은 국민들이 억울하게 큰 피해를 당하고 국격(國格)이 추락하고 나라가 무너진다.

우리 대한민국은 임시정부의 법통을 계승하여 건국한 지 74년(2022)이 되었다. 언제까지 청렴타령을 해야 하는가? 이제는 청렴을 졸업하고 공렴으로 가야 한다. 공직자는 공렴을 실천하는 것이 시대정신(Zeitgeist)이다.

당나라 한산(寒山) 스님은 시 「무제」(無題)에서, 인간은 탐욕을 버릴 것과 상생(Win-win)을 노래했다.

산에 열린 과일은 원숭이가 따먹고(山果獮猴摘)

연못의 물고기는 백로가 먹게 하렴(池魚白鷺銜)

이 시는 인간의 탐욕을 꾸짖고 있다. 자연의 것은 자연에 돌려주는 덕성(德性)과 인품을 가진 사람은 꿈속에서도 부정과 불의와 손을 잡지 않는다. 인간과 자연은 상생해야 한다. "미끼"처럼 고혹적이고 매력적인 것은 없다. 미끼에 초연한 "붕어"는 절대로 뜨거운 냄비에 올라타지 않는다. 붕어는 참을 수 없는 가벼움에 눈이 멀어 미끼를 덜컥 물어 제 발로 뜨거운 냄비에 올라탄다. 붕어는 낚시꾼을 원망해서는 안 된다. 미끼처럼 무서운 것은 없다. 미끼의 유혹에 넘어가지 않아야 꿈을 이룰 수 있고 명예를 지킬 수 있다.

송나라 주자(朱子)의 제자인 채원정(蔡元定, 호 西山, 1135~1198)은 자기관리에 철저했다.

혼자 걸어가도 내 그림자에게 부끄럽지 않았고(獨行不愧影)

혼자서 잠을 자도 이불에게 부끄럽지 않았노라(獨寢不愧衾)

이 말은 『송사』(宋史) 「채원정전」에 있다. 채원정은 낮에 혼자 걸어가도 항상 따라다니는 제 그림자에게 부끄러운 짓을 안 했고, 밤에 혼자 잠을 자도 덮고 자는 이불에게 부끄러운 짓을 안 한 청징(淸澄)한 삶을 살았다. 그는 군자 신기독(君子, 愼其獨)을 실천했다.

인생의 성패는 자기관리에 있다. 중국 속담에 "신령스런 용은 맛

있는 먹이를 탐내지 않으며(神龍不貪香餌) 찬란한 봉황은 새장이 곱다고 들어가지 않네(彩鳳不入雕籠)"가 있다.

고려시대의 대표적 청백리인 최석(崔碩)은 공렴을 실천한 공직자의 사표(師表)이다. 최석은 충렬왕(재위 1274~1308) 때 지금의 전라남도 순천인 승평부사가 되었다. 당시 부사가 교체되면 이사 비용으로 말(馬) 8필을 주었다. 그가 1281년 임기를 마치고 비서랑이 되어 떠나게 되자, 부하가 말을 바치며 좋은 것을 고르라고 했다. 최석이 웃으면서 "말이야 서울까지만 타고 갈 수 있으면 되는데 굳이 좋은 말을 골라서 무엇 하겠느냐?"했다. 개경(開京)으로 돌아온 후에 말 8마리를 돌려보내니 고을 사람들이 받지 않았다.

최석은 "내가 너의 고을에 수령으로 있을 때, 내 말이 새끼를 낳아 데려왔는데 이는 나의 탐욕이다." 하면서 그 망아지까지 주어 9마리를 주었다. 이후로 말을 바치는 폐단이 끊겼기에 사람들이 송덕비를 세워 '팔마비(八馬碑)'라 했다. 이 팔마비는 한국 5천 년 역사상 지방관의 선정과 청덕(淸德)을 기리는 송덕비의 효시라는 점에서 역사적으로 큰 의의가 있다. 한편으로는 당시 승평부의 공직자와 백성들은 후임 목민관들에게 말을 가져가서는 안 된다는 옐로카드를 비석에 새겨서 세운 것이니 지혜롭다. 순천시에 있는 이 팔마비는 2021년 3월 25일 국가 보물로 지정되었다.

공직자는 최석의 이러한 공렴 정신을 본받아야 한다. 인생의 성패는 자기관리에 달려 있다. 부패와 간통한 더러운 돈으로 부모를 봉양(奉養)하고 처자식을 부양(扶養)하는 것은 부모와 처자식의 영혼을 모독한 것이며, 공동묘지에서 제사지내고 땅에 버린 썩은 음식을 주워다 먹이는 것과 같다.

부패(Corruption)와 간통(Adultery)하여 가슴에 있는 주홍글씨(The Scarlet Letter)는 죽어도 지워지지 않는다. 위로는 대통령으로부터 말단 공직자까지 공렴하면, 망국적이고 반민주적인 ① 지긋지긋 편 가르기와 ② 징글징글한 이중 잣대와 ③ 능글능글한 내로남불이 존재할 수 없다. 공직자는 시대정신(Zeitgeist)인 공렴을 실천하여 더 큰 대한민국으로 만들 책임과 의무가 있다.

연필로 쓴 글씨는 지워지지만 인간이 살아온 행적은 지우개로 지워지지 않는다. 공렴해야 꿈을 이룰 수 있고, 미래가 있고, 새 역사를 창조할 수 있다.

의왕과 빗물, 당신과 빗물

한무영
빗물박사
서울대 명예 교수

안녕하세요? 저는 빗물박사 한무영입니다.

제가 의왕에 처음 이사 온 지 20년이 넘었습니다. 중간에 잠시 서울로 나갔다가 자연과 조금 더 친해지고 싶은 마음에 다시 의왕의 옛집으로 돌아와서 아주 만족스럽고 즐거운 생활을 하고 있습니다. 마침 딸의 가족도 의왕으로 이사 온 덕에 손녀와 손자의 재롱을 보면서, 인생의 황금기를 누리고 있습니다.

매일 새벽이면 백운호수 주위의 조명이 남아 있는 데크를 아내와 함께 산책합니다. 여명으로 하늘과 구름이 아름답게 물들거나, 물안개가 자욱한 몽환적인 호수의 사진을 페친 님들께 선물하면 아주 좋아하며 부러워하십니다. 스위스의 아름답다고 하는 호수가 부럽지 않습니다. 가끔 청계사 계곡의 메타세콰이어 숲속 길을 올라가면서 새소리, 물소리를 들으면 설악산, 지리산이 안 부럽습니다. 아침 산책길마다 만나는 반가운 사람들과 정다운 인사를 나누며 하루를 시작합니다. 자연과 인간이 아름다운 의왕을 점점 더 사랑하게 되어 계속 의왕시에서 살기로 다짐을 합니다.

빗물박사인 저의 빗물연구의 여정에서 의왕시는 커다란 의미가 있습니다. 국내 최초로 2002년에 내손동에 있는 갈미중학교의 주차장에 120톤짜리 빗물시설과 빗물 연못을 만들고, 학교에 빗물자료관을 만들고, 경기도 일원의 초등학교에 빗물시설을 만들도록 하였습니다.

의왕시에 애정을 느끼면서 빗물과 연관된 의왕시만이 가지고 있는 다음과 같은 스토리를 생각해 보았습니다. 내손동의 모락산 자락에는 임영대군의 묘와 사당이 있습니다. 이분은 세종대왕님의 넷째 왕자이자, 문종의 친동생, 그리고 태종대왕의 친손자입니다. 모두 다 빗물과 관련된 스토리를 가지신 분의 가족입니다.

우선 친형님 문종이 세자 시절인 1441년, 당시 최고의 학자 과학자이던 장영실, 집현전 학사들과 함께 측우기를 발명합니다. 아버님이신 세종대왕께서는 그해 9월 3일 (양력환산) 측우제도를 처음으로 시행하여 우리나라가 세계에서 가장 오래된 전국적인 강우측정 네트워크를 만들기 위한 기초를 만드셨습니다. 강수량 데이터를 이용하여 장기적인 기후변화에 대비하여 정책을 만들기도 하였지만, 가뭄이나 홍수 등 기상 이변이 발생하여 농사가 잘 안된 해에는 백성들의 세금을 줄여주기 위한 민본주의의 생각을 바탕으로 하였습니다.

할아버님인 태종 말년에는 극심한 가뭄이 들어 친히 백성들을 위해 기우제를 지내시다가 음력 5월 10일 돌아가신 바로 그날, 바라던 비가 와서 가뭄을 해소하고 풍년이 들었다고 합니다. 따라서 매년 그맘때쯤 내리는 비를 태종우라고 하여 매우 고맙고, 기뻐하고 있다고 합니다.

또한 최근에는 홍수와 가뭄과 같은 기후위기를 극복하고, 탄소중립을 달성하기 위해서 빗물과 물순환의 관리가 중요하다는 내용이 새로 제정된 물관리 기본법에 포함되어 빗물관리에 관한 제도와 학문이 점점 떠오르고 있습니다.

의왕시가 이와 같은 시대적, 과학적, 역사적 배경을 도입하면 아주 경쟁력이 있는 스토리를 만들고 학생과 시민들의 자긍심을 높이고, 기업도 육성하고, 일자리도 만들 수 있다는 것을 제안합니다.

의왕시의 면적 54㎢에 일 년 강수량 1300㎜를 곱하면, 매년 약 7천만 톤의 가장 깨끗한 물인 빗물을 선물로 받고 있는 셈입니다. 떨어진 빗물은 안양천을 통하여 한강으로 버려지는데, 이 빗물이 한꺼번에 내려가면서 하류에 홍수를 일으키기도 합니다. 이에 대비하여 산에 떨어지는 물이 한꺼번에 내려가지 않도록 흙이나 나무로 작은 규모의 자연 친화적인 물모이 시설을 많이 만들어두면, 홍수와 가뭄을 줄이고 산불과 폭염 등과 같은 기후위기에 대한 대응을 할 수 있습니다. 유역의 가장 상류에 있는 의왕시에서부터 빗물을 관리하면 하류의 사람들과 자연과 후손이 행복해질 수 있다는 생각은 세종대왕님의 민본주의와 비슷합니다.

이와 같은 사실에 기초하여 의왕시의 초등학교 중고등학교를 빗물에 관한 특화학교로 만들 것을 제안합니다. 각 학교의 홈통에 빗물저금통을 설치하고 활용하는 하드웨어적인 것은 물론, 기후위기대응에 관한 교육 프로그램과 연계하여 빗물을 특화하는 것입니다. 학생들이 빗물에 관한 과학, 문화 예술, 역사 등에 대한 창의적인 활동을 만들도록 유도하여, 국내의 학교와 교류를 주도하게 하고, 외국의 학생들과 교류를 하는 이니셔티브를 만들 수 있습니다. 여기에 학생, 시민들이 연대하여 빗물시민 네트워크를 만들어 홍보나 교육을 하도록 하는 것입니다. 우리 의왕시의 학생들이 국내나 국제무대에서 빗물에 관한 한 절대로 밀리지 않는 이유는 뒤에 임영대군을 비롯한 빗물 가족들의 후광이 있기 때문입니다.

의왕시에서는 빗물 관리로 특화된 조례를 제정하고, 유역 전체에서 지역의 특성에 맞게 빗물을 받도록 하는 제도를 만들어, 재난에 안전한 도시, 자연 친화적인 도시를 만들고 그것을 국내의 다른 도시에 전파할 수 있습니다. 빗물로 특화된 산업을 만들어 관리 시설물이나 서비스에 관한 산업을 육성하고, 의왕시민들의 일자리를 만들 수 있습니다.

이와 같이 의왕시만이 가지고 있는 역사적, 자연적, 인적 자원을 이용하여 경쟁력 있는 스토리텔링을 만들고, 학생과 시민들의 참여를 바탕으로 국내는 물론, 국제무대에서도 선도하도록 할 수 있습니다. 더불어 소득증대와 일거리 창출도 기대할 수 있습니다. 아울러 현재 국내외에서 문제가 되고 있는 기후위기 극복과 탄소중립을 하기 위한 현실적 대안을 내놓는 도시로 만들 수 있습니다.

따라서 의왕시민들이 다 같이 이런 구호를 만들어 행동을 하면 어떨까요?

빗물의왕을 빗물의 왕으로!

강경 근대문화유산 둘러보기

임덕수
한국전통문화대학교 초빙교수

강경은 금강줄기에 바로 인접해 있다. 강경포구의 물이 얼마나 맑고 아름다웠던지 하늘의 선녀들이 이곳에 내려와 목욕을 하다가 강경 물에 반해 되돌아갈 시간에 미처 옷매무새를 단정히 하지 못한 선녀가 옥황상제의 진노로 올라가지 못하여 그대로 옥녀 바위가 되었다고 하는 '옥녀봉' 전설이 오늘날까지 전해 내려올 정도로 강경 물은 깨끗하고 맑다.

강경은 금강의 지류가 합류하여 서해로 연결되는 수로와 육로가 교차하는 평야지대로서 백제시대부터 많은 사람이 살고 있었으며, 고려시대에는 제주에서 미역, 고구마, 좁쌀을 실은 배들과 중국의 무역선이 비단, 소금 등을 싣고 드나들었다.

대한제국 시기에는 금강의 수상 교통을 바탕으로 하여 공주, 부여와 장항, 군산을 연결하는 교통의 요지가 되었다. 그리하여 강경포구에 형성된 시장은 대구, 평양의 시장과 함께 '조선 3대 시장'으로 불리며 '1평양, 2강경, 3대구'라는 표현을 만들어 낼 정도였다.

강경은 1900년대 들어 조선에서 근대화의 수혜를 입은 첫 번째 지역이 되었다. 일본인들은 강경포구로 대거 진출하여 시장에 각종 상점과 금융 건물을 세웠다. 1910년대 초반에 지어진 한일은행 건물(현재, 강경역사관으로 활용)이 대표적이다. 강경은 전성기에 인구가 3만 명에 달했고 유동인구는 10만 명에 달했다고 한다.

1920년대 강경은 충청남도에서 처음으로 전기가 들어온 도시였다. 현재도 강경에는 한국 최초의 노동조합인 구 강경노동조합(등록문화재 제323호)과 강경 중앙초등학교 강당(등록문화재 제 60호)이 남아 있다. 요즘에는 문화재청에서 이들을 근대문화유산이라 하여 등록문화재로 관리하고 있다.

그중에 현재 강경역사관으로 사용하고 있는 건물은 구 한일은행 강경지점이었다고 한다. 금융기관으로 쓰였던 건물이이서 건물의

강경역사관

외관은 전면부와, 금고실 부분을 제외한 측면이 모두 대칭으로 구성되어 있다. 근대 건축물로서 붉은 벽돌을 사용한 조적조 시설로서 지방도시에 근대기 건물의 원형을 거의 유지하고 있다는 점에서 그 희소성과 상징성이 있다. 건립연대가 1913년으로 추정되고 있다.

다음으로는 구 강경노동조합(등록문화재 제323호)에 대해서 알아보자. 1920년대 내륙 지방으로의 수산물은 대부분 강경포구를 통해 전국으로 유통되었다. 이때 구성된 강경노동조합은 한때 조합원이 2~3천 명에 달할 정도였다고 한다. 1925년 10월 당시 조합장이자 객주였던 정흥섭(금융조합 평의원, 강경청년회 회원)이 사재를 출연하여 조합 사무실을 지었다. 강경지역 근대시기 상권의 흥망성쇠를 엿볼 수 있는 상징적인 건물로 지금은 한 장의 사진 속에서나마 옛 정취를 찾아볼 수 있다. 이 건물은 1953년 개축되어졌다.

강경노동조합

강경 중앙초등학교 강당

마지막으로 강경 중앙초등학교 강당(등록문화재 제 60호)을 소개하고자 한다.

강경중앙초등학교는 강경읍에서 가장 먼저 세운 근대식 교육기관으로 교사 건물은 재건축한 것이지만 강당은 1937년 준공 당시 모습을 그대로 간직하고 있다. 붉은 벽돌에 의한 조적벽체에 목조 트러스트공법으로 지은 강당 건물은 비교적 단순한 형태로 논산에서 가장 오래된 학교의 연륜을 보여준다. 건물 모서리에 흰색 띠를 둘러 건물 입면의 단조로움을 없앴다. 전체적으로는 단아한 멋을 지닌 건물로 준공 당시 학교 강당의 보편적 특성을 잘 나타낸다. 이상으로 간략하게나마 강경의 근대문화유산을 둘러보았다. 강경은 젓갈시장으로도 유명하니, 젓갈 사러 가는 길에 앞에 소개한 근대문화재를 탐방해 보는 것도 의미가 있을 것이다.

지역사회 공공도서관의 역할

이재원
화성시문화재단 도서관본부장
(전) 양천중앙도서관 관장

"오늘의 나를 있게 한 것은 마을의 작은 도서관이었다. 하버드 졸업장보다 소중한 것이 독서하는 습관이다."

이 말은 빌 게이츠가 한 유명한 명언으로 이 한마디의 말이 도서관의 중요성을 함축하고 있다고 볼 수 있다. 빅데이터, 인공지능으로 대변되는 지금의 시대를 역설적으로 설명하면 우리 인간은 홍수라고 표현할 만큼 많은 양의 정보 속에 살고 있다. 이렇게 많은 정보 중에 내가 필요로 하는 정보를 습득하고 활용하는 것이 개인의 경쟁력 그리고 조직의 경쟁력, 더 나아가 국가의 경쟁력을 좌우하는 시대라고 할 수 있다.

도서관의 역사는 인류의 역사와 그 궤를 같이하고 있다. 빌 게이츠를 비롯한 많은 인사가 도서관을 통해서 정보를 습득하고 이를 활용해서 우리 인류에 크게 기여하고 있다.

"도서관은 아이들이 아이스크림을 사 먹기 위해 드나드는 구멍가게보다 더 가까이 있어야 한다."

위의 말은 도서관에 대한 나의 바람이다. 미래의 우리 사회에 큰 역할을 할 잠재적인 인사인 주민들을 위해서 우리는 더 많은 도서관을 지역 곳곳에 만들고 운영해야 한다. 이러한 역할은 지역 자치단체장의 가장 중요한 역할 중의 하나이다.

지역의 공공도서관이 지역주민에게 제공해야 하는 역할은 시대의 변화에 따라 다양하다. 그 역할을 살펴보면,

첫째, 정보의 제공 기능이다. 도서관은 많은 양의 정보를 다양한 매체로 서비스한다. 방대한 정보 중에서 주민의 요구에 맞는 정보를 가공해 주는 역할을 하여야 한다.

둘째, 생애주기별 평생교육 프로그램을 제공하여야 한다. 유아를 위한 북 스타트, 청소년을 위한 진로체험 프로그램, 경력단절 여성을 위한 프로그램, 어르신 프로그램 등 전 연령대를 위한 프로그램을 제공하여야 한다.

셋째, 정보격차 해소를 위한 서비스를 제공하여야 한다. 장애인이 자유로운 접근과 이용을 할 수 있어야 하고 다문화 가족을 위한 콘텐츠와 프로그램을 제공하여야 한다.

넷째, 지역의 커뮤니티센터의 역할을 하여야 한다. 독서와 인문학과 관련된 강좌를 지속해서 제공하여야 한다. 다양한 그룹의 독서동아리를 구성하고 운영하여야 한다, 동화구연 등 자원봉사자들을 확보하여 재능 기부 활동을 전개하여야 한다.

다섯째, 공공도서관은 복합문화공간의 역할을 하여야 한다. 지역 예술가들을 유치하여 공연과 전시공간을 제공하여야 한다.

지역의 자치단체장은 지역주민들이 도서관을 내 집 드나들듯 하며 필요한 정보를 제공받고 다양한 문화를 체험할 수 있는 환경을 제공할 때 그 역할을 다한 것이다.

자원봉사는 행복의 시작

강현구
사회복지학박사
(전) 과천시종합자원봉사센터장

자원봉사는 자기 스스로 원해서 하는 활동이기에 봉사자의 자율성을 존중하고 고양하는 것은 자원봉사의 핵심적 요소입니다. 따라서 자원봉사 활동의 전 과정에서 자원봉사자의 선택권을 넓히고 자원봉사자의 결정권을 제고하는 것이 필요합니다.

특히 지역사회조직의 일환으로 자원봉사자에게 소속감을 주는 소집단을 형성하고 그 안에서 적절한 역할을 주는 것은 매우 긍정적인 효과를 창출할 수 있으므로 자원봉사자의 조직화를 적극적으로 모색하는 것이 중요합니다.

1. 자원봉사 관리자 역할의 중요성

자원봉사 관리자들은 자원봉사자들이 자원봉사활동을 하다가 소진되지 않도록 프로그램개발을 하고 자원봉사자의 눈높이 등을 맞춰 역량강화를 위해 슈퍼비전을 제시하고 대내외적인 교육 등을 통하여 성장할 수 있는 기회를 부여함은 물론 기초교육과 보수교육을 함으로써 자신감을 갖고 자원봉사활동에 매진하게 하며 자기 자신의 성취감을 느낄 수 있도록 도와주어야 할 것입니다.

과거에 자원봉사는 전업주부 및 청소년들이 주를 이루었지만, 최근 들어서는 직장인, 노인, 대학생, 은퇴자, 그리고 가족봉사단 등의 자원봉사 참여가 확대되어 가고 있습니다.

특히 의왕과 과천은 새로 입주하는 아파트 단지가 많아 젊은 층이 많이 유입되는 가운데 새롭게 변화하는 사회 환경에 따라 새로운 자원봉사 프로그램을 개발하고 사이버 공간과 오프라인으로 자원 봉사자를 모집하고 있습니다만, 요즈음 들어 모집이 어려운 것이 사실입니다.

가장 효과적인 방법으로는 기존의 봉사자들이 친구나 이웃사람을 한 명씩 직접 초대하여 상하반기 '자원봉사 하는 날'을 정한 후 부담 없이 봉사활동을 하는 것입니다. 이렇게 하면 자원봉사의 결실이 배가 되리라 생각합니다.

2. 자원봉사자 등록 및 활동 현황

2020년 자원봉사자 등록현황(행안부, 1365포털시스템)을 보면 약 13,800,000명이 등록되어 전체 국민의 27%가 자원봉사자입니다. 4,200,000명이 실제 활동하는 인원으로 집계되며, 1인당 연간 평균 봉사 횟수는 7회이고, 1인당 연간 평균 봉사 시간은 22시간입니다.

그리고 연간 자원봉사 참여시간은 95,000,000시간입니다. 평균 임금으로 산출해 보니 2조 200억입니다. 자원봉사자들이 국가를 위해서 정말 큰일을 하고 있음을 알 수 있습니다.

3. 자원봉사 배치의 유연성

자원봉사를 각자의 희망과 적성에 따라 수요처에 적재적소에 배치하는 것은 자원봉사자의 탈락을 예방하고 소진하지 않도록 하기 위한 것으로, 수혜자의 만족도에도 매우 중요한 요소입니다.

그러기 위해서는 자원봉사교육을 지속적으로 함으로써 책임감을 갖고 자원봉사활동에 적극적으로 임할 수 있도록 해야 합니다. 특히 재능을 가지고 계시는 자원봉사자를 발굴하여 재능나눔 봉사단을 활성화하고 자원봉사자들이 자기 재능을 기부함으로써 수혜자들에게도 도움이 되며 자기 자신에게도 즐거움을 찾는 기회를 만드는 것 또한 중요한 일입니다.

4. 수요기관과 긴밀한 협력

자원봉사활동 과정의 중요한 매개체는 수요기관들입니다. 대개 수요기관들도 자체적으로 일반 자원봉사를 모집하고 있기 때문에, 자원봉사센터는 전문성이 있는 개인 봉사자와 자원봉사 단체를 잘 관리하여 적재적소에 연계할 수 있어야 합니다. 또한 수요기관의 담당자에게 있어서 자원봉사 관련 업무는 여러 가지 업무 중의 하나이므로 상대적으로 소홀하게 다루는 경향이 있어서, 시, 군, 구 자원봉사센터의 기대와 갭이 발생할 수 있습니다. 그러므로 수요기관과 적극적이고 긴밀한 협력이 필요합니다.

5. 자원봉사활동의 질적 평가 도입

자원봉사 영역에서 최근에 양적평가와 질적 평가를 동시에 실시하고 있습니다. 자원봉사활동의 궁극적인 목적이 얼마나 효과적으로 달성되었는가의 대하여 양적인 부분도 중요하지만, 질적인 평가를 통하여 자원봉사자들의 삶의 질이 한층 더 업그레이드될 수 있도록 노력하여야겠습니다.

6. 전 국민의 자원봉사 생활화

이제는 건강한 국민이라면 누구나 자원봉사를 하여야 합니다. 자원봉사를 통하여 지역의 문제를 해결하고 이웃 간에 소통을 함으로써 단절된 공간이 훈훈한 정으로 이어질 것이며, 또한 가정과 개인도 행복한 삶을 유지할 수 있으리라 생각합니다. 그러기 위해서 시, 군, 구 자원봉사센터가 허브역할을 담당하는 기관이 되어 각자의 희망과 능력에 따라 활동하는 아름다운 자원봉사로 거듭나기를 기대합니다.

네 믿음은 네 생각이 된다. 네 생각은 네 말이 된다.
네 말은 네 행동이 된다. 네 행동은 네 습관이 된다.
네 습관은 네 가치가 된다. 네 가치는 네 운명이 된다.

– 마하트마 간디 –
Mahatma Gandhi

Chapter

8

좋은 말씀

···

정성을 들이면 정성을 들인 만큼 그 기운이 물질로 형상화되는 것입니다.

기도는 마음을 모으는 일입니다. 기도를 한다는 것은 기운을 키우는 것입니다. 기운이 모여 색의 형상으로 나타나게 됩니다. 그것이 바로 색즉시공(色卽是空) 공즉시색(空卽是色)의 이치입니다.

내가 재물을 모으려고 한다면 우선 그것을 얻을 수 있을 만한 기운을 키워보시기 바랍니다. 썰물이 지나면 반드시 밀물의 때가 옵니다. 내리막길 끝에 오르막이 나타나고, 밤이 지나면 낮이 됩니다. 그러므로 지금 우리가 썰물이거나 내리막이거나, 온통 어두운 밤일지라도, 절망하거나 포기하지 말고, 구원에 이르게 된다는 믿음을 가지고 살아야 합니다.

"때는 반드시 옵니다."

누군가의 세계를 열어줄 수 있다면

부유한 귀족의 아들이 시골에 갔다가 수영을 하려고 호수에 뛰어들었습니다. 그러나 발에 쥐가 나서 수영은커녕 물에 빠져 죽을 것 같았습니다. 귀족의 아들은 살려달라고 소리쳤고, 그 소리를 들은 한 농부의 아들이 그를 구해주었습니다. 귀족의 아들은 자신의 생명을 구해 준 그 시골 소년과 친구가 되었습니다. 둘은 서로 편지를 주고받으며 우정을 키웠습니다.

어느덧 13살이 된 시골 소년이 초등학교를 졸업하자 귀족의 아들이 물었습니다.

"넌 커서 뭐가 되고 싶니?"
"의사가 되고 싶어, 하지만 우리 집은 가난하고 아이들도 아홉 명이나 있어서 집안일을 도와야 해…."

귀족의 아들은 가난한 시골소년을 돕기로 결심하고 아버지를 졸라 그를 런던으로 데리고 갔습니다. 결국 그 시골 소년은 런던의 의과대학에 다니게 되었고 그 후 포도당구균이라는 세균을 연구하여 페니실린이라는 기적의 약을 만들어 냈습니다. 이 사람이 바로 1945년 노벨의학상을 받은 '알렉산더 플레밍'입니다.

그의 학업을 도운 귀족 소년은 정치가로 뛰어난 재능을 보이며 26세의 어린 나이에 국회의원이 되었습니다. 그런데 이 젊은 정치가가 나라의 존망이 달린 전쟁 중에 폐렴에 걸려 목숨이 위태롭게 되었습니다. 그 당시 폐렴은 불치병에 가까운 무서운 질병이었습니다. 그러나 알렉산더 플레밍이 만든 '페니실린'이 급송되어 그의 생명을 건질 수 있었습니다.

이렇게 시골 소년이 두 번이나 생명을 구해준 이 귀족 소년은 다름 아닌 민주주의를 굳게 지킨 '윈스턴 처칠'입니다. 어릴 때 우연한 기회로 맺은 우정이 평생 동안 계속되면서 이들의 삶에 빛과 생명을 주었던 것입니다.

만약 내가 다른 이의 마음속에 새로운 세계를 열어줄 수 있다면 그에게 있어 나의 삶은 결코 헛되지 않을 것입니다. 부유한 귀족의 아들 윈스턴 처칠이 어린 시절 시골에서 우연히 알게 된 가난한 농부의 아들을 무시했더라면 시골 소년은 의사가 되어 '페니실린'을 만들 수 없었을 테고 처칠은 폐렴으로 목숨을 잃었을 것입니다.

귀족 소년과 시골 소년의 깊은 우정으로 농부의 아들은 의사가 되어 노벨 의학상을 받을 수 있었고 귀족 소년은 전쟁 중에 나라를 구하고 민주주의를 지킨 영국의 위대한 수상이 될 수 있었습니다. 인재를 알아보는 통찰력이 필요한 시점입니다.

박정희와 독도

한일협정이 물밑에서 논의되던 시기 일본은 한 명의 특사를 박정희에게 보낸다. '고토 마사유키', 일본 육사의 박정희 선배이며 일본정계와 재계를 연결하던 최고의 우익 로비스트이자 다혈질적인 기질로 스스로를 쇼와 시대 최고의 사무라이라고 자칭하던 자이다. 거한의 체구와 특유의 거친 말투 그리고 매서운 눈빛으로 어떤 상대도 협박하여 설득시키고야 마는 사람이었다. 고토의 임무는 단 한 가지였다. 731부대에서 기인하는 미도리 제약회사의 신기술을 이전하는 대가로 독도를 빼앗아오는 것.

이렇게 고토를 보냄으로써 독도문제는 해결됐다고 보는 낙관적인 분위기가 일본 정계에 팽배해졌다. 고토는 술을 먹으면 입버릇처럼 말하고는 하였다.

"쇼센진토 이우 모노와 곤쇼가 타리나이."

조선놈들이라고 하는 것들은 근성이 없다는 뜻. 이런 고토가 드디어 박정희와 독대하게 되었다. 먼저 포문을 연 것은 고토였다.

"장군에 대한 기억이 나에게는 별로 없소, 아마 조용한 생도였던 모양이군요."

"당신이 나에 대한 기억을 많이 가지고 있다면 오늘 내가 여기에서 당신과 만나는 일도 없었을 것이요. 본론을 이야기하시요."

"역시 듣던 대로시군요. 아무튼 장군. 바보 같은 놈들이 다케시마 같은 하찮은 문제로 우리의 발목을 붙잡으려고 하오. 조국을 부흥시키려면 무엇보다 의약관계의 최신기술이 필요할 것이요. 내일 당장 신문을 이용해 선전하시오, 일본의 최신 기술을 이전받기로 했고 공장도 지을 거라고 말이오. 그러면 민심을 쉽게 잡을 수 있을 것이오. 그리고 다케시마 같은 것은 바보 같은 놈들에게 고기나 잡으라고 주어버립시다."

하지만 박정희도 지지 않았다.

"이봐 당신, 나는 목숨을 걸고 혁명을 한 사람이요. 나에게 명령하는 것이요? 나는 이미 오래전에 내 조국과 함께하기로 결심한 사람이요. 그것이 독도이든 돌 한 덩이든 내 조국의 것이라면 나는 목숨을 걸고 지킬 것이요. 군인인 내가 조국에 할 수 있는 것이 목숨을 걸고 나라를 지키는 것 외에 무엇이 있겠소."

순간 박정희의 기세에 이 거한의 고토는 기가 질리고 만다. 수많은 야쿠자들, 수많은 정치깡패들을 상대하면서 한 번도 경험해 보지 못한 두려움을 고토는 이 작고 깡마른 체구의 사나이에게서 받은 것이다.

"장군 흥분하지 마시오. 장군의 조국에 대한 충정은 나도 이해를 하오. 하지만 작은 것을 보느라고 큰 것을 보지 못한다면 그것도 장군답지 못한 것 아니요. 대의를 보시요. 자칫하면 모든 것이 물거품이 될 수도 있소."

"이봐 당신, 아까부터 자꾸 나에게 훈계하려고 하는데 그 태도를 나는 용서하지 못하겠소. 당신도 사나이라면 나와 술 한잔하며 사나이답게 이야기를 합시다. 서로 술이 취해 싸움이 된다면 덜 맞은 자의 말을 따르기로 하면 될 것 아니겠소, 어차피 당신은 나와 싸우기 위해서 온 사람 아니오?"

술자리에서 박정희는 고토에게 이렇게 말한다.

"나와 부하들에게 가장 즐거운 일이 무엇인지 아시오. 이 시대 이 땅에 태어난 덕분에 우리는 조국을 위해 목숨을 바칠 기회를 가졌다는 것이오. 사나이로서 이보다 더 큰 행운이 어디 있겠소. 선생, 돌아가서 전하시오. 다들 목숨을 걸고 조국을 부흥시켜 일본 못지 않은 나라를 한번 만들어 보려고 하는데 계집애같이 앵앵거리지 말자고 말이요."

이 말을 들은 고토는 웃다가 자신도 모르게 눈물이 나고 말았다고 한다. 그것은 자신의 면전에서 자신에게 계집애처럼 앵앵거리지 말라고 말하는 박정희의 눈빛에서 사나이의 진짜 미학을 찾았다는 유쾌함과 비장함을 발견하였기 때문이라고 한다.

동경으로 돌아온 고토는 동료들에게 다음과 같이 말했다고 한다.

"어이, 장군은 조국을 위해서 죽기로 했다고 말했소. 당신들 면상을 보아하니 어느 누구도 죽을 각오를 하고 다케시마를 찾을 수는 없겠어. 돌아가서 마누라 엉덩이나 두드리든지 아님 긴자의 네상들이나 안고 한잔하자고… 해산, 해산…"

박정희가 암살되던 날, 아카사카의 한국 술집에서 술을 먹고 있던 고토는 술에 취해 다음과 같이 부르짖었다.

"パガヤで…上泉神藤井羽八つらとしょがなだな…持分のオヤブンをコロシテを助けます。おやじといちしょじゃなんですか…あ…田野志美がましですが、酸っぱいです。。メオサメッタ、ジョセントラが河野小見タラケの猿堂もお、ミコトニキッデ福州スル…ゴレがずきずきしています。。パガヤで…西郷の侍が履きます…酸っぱいです….”

"병신들, 조선놈이라고 하는 것들은 어쩔 수가 없구나, 자신들의 두목을 죽여버리면 어쩌냔 말이야… 아버지와 같은 것이잖아… 아, 즐거움이 없어지고 말았구나… 눈을 뜬 조선 호랑이가 이런 쓰레기 같은 원숭이들을 훌륭하게 단칼에 베어 복수하는 것이 보고 싶었는데 말이야… 병신들… 마지막 사무라이가 죽었단다, 죽고 말았단다."

놀라운 수출과 경제발전으로 일본과 경쟁하였으며 핵으로 힘을 가지려 했던 박정희의 꿈은 마지막 사무라이가 죽고 말았다는 고토의 울부짖음과 함께 끝나고 말았다. 사랑하던 손녀를 교통사고로 잃은 충격으로 자살한 고토가 마지막으로 손에 쥐고 있던 것은 박정희가 써준 '우국충정'이라는 친필휘호가 든 수석이었다고 한다.

관상의
심상

사람은 누구나 좋은 얼굴을 가지기를 원한다. 관상을 잘 믿지 않는 사람도 누가 "당신 관상이 좋다"고 하면 금세 입이 헤 벌어진다. 백범 김구 선생이 젊었을 때의 일이다. 청년 김구는 열심히 공부해서 과거시험에 응시했지만 번번이 낙방했다. 당시엔 인맥과 재물이 없으면 출세할 수 없는 시절이었다. 아버지는 아들에게 밥벌이라도 하려면 관상이라도 배워 보라고 권했다. 김구는 『마의상서』라는 관상책을 구해 독학했다. 어느 정도 실력을 연마한 그는 거울을 갖다 놓고 자신의 관상을 보았다. 가난과 살인, 풍파, 불안, 비명횡사할 액운이 다 끼어 있었다. 최악의 관상이었다.

"내 관상이 이 모양인데 누구의 관상을 본단 말인가!"

때마침 장탄식하던 김구의 눈에 책의 마지막 구절이 들어왔다.

'얼굴 잘생긴 관상(觀相)은 몸이 튼튼한 신상(身相)만 못하고, 몸이 좋은 신상은 마음씨 좋은 심상(心相)만 못하다.'

얼굴보다 마음가짐이 제일 중요하다는 얘기였다. "옳커니!" 김구는 무릎을 쳤다. 용기를 얻은 그는 책을 덮고 어떻게 하면 좋은 심상을 만들지를 생각했다. 그는 기울어져가는 나라를 위해 헌신하기로 마음을 먹었다. 훗날 상해임시정부를 이끄는 민족지도자가 되었다. 김구가 읽은 마의상서에는 이런 일화가 전해진다.

이 책을 쓴 마의선인이 길을 걷다가 나무하러 가는 머슴을 만났다. 그의 관상을 보니 죽음의 그림자가 드리워져 있었다. 마의 선인은 머슴에게 넌지시 이른다.

"얼마 안 가서 죽을 운명이니 너무 무리하게 일하지 말게."

그 말을 들은 머슴은 하늘을 바라보며 탄식했다. 그때 나무껍질이 계곡물에 떠내려 왔다. 머슴은 나무껍질 위에서 개미떼들이 물에 빠지지 않으려고 발버둥치는 것을 보고는 측은한 생각에 껍질을 건져 개미들을 살려 주었다.

며칠 후 마의선인은 그 머슴을 다시 만나게 되었다. 놀랍게도 그의 얼굴에 서려 있던 죽음의 그림자가 사라지고, 부귀영화를 누릴 관상으로 변해 있었다. 작은 선행이 그의 관상과 운명까지 바꾼 것이다.

머슴에게서 개미 이야기를 들은 마의선인은 크게 깨닫고는 마의상서에 글을 남겼다. 김구가 읽은 마지막 장의심상이 그 대목이다.

사람들은 털을 깎고 새 눈썹을 만드는 성형으로 자기 얼굴을 바꿀 수 있다고 생각한다. 그러나 사람의 진면목은 마음에서 나온다. 남에게 호감을 주는 얼굴을 가지려면 마음을 곱게 써야 한다. 심성이 착하고 남을 돕고 배려하면 얼굴이 부드럽게 변하기 때문이다.

중국 당나라에 배도라는 사람이 있었다. 길에서 유명한 관상가를 만난 그는 자기 관상을 한번 봐달라고 청했다. 관상가가 난처한 표정을 지으며 말했다

"말하기 민망하오나 당신은 빌어먹을 상이오."

관상가의 말을 들은 배도는 타고난 운명을 어쩔 수 없다면 남에게 좋은 일이라도 하고 죽자는 마음으로 열심히 선행을 베풀었다. 세월이 한참 지나 배도는 길에서 그 관상가를 다시 만났다. 관상가는 배도를 찬찬히 살피더니 깜짝 놀라 말했다.

"정말 놀라운 일이오. 당신의 상이 바뀌었소. 당신은 이제 정승이 될 상이오."

실제로 배도는 훗날 벼슬길에 올라 정승이 되었다.

조선 후기의 문신 성대중이 쓴 『청성잡기』에 이런 말이 나온다.

'사람의 관상을 보는 것보다 사람의 말을 듣는 것이 낫고, 사람의 말을 듣는 것보다 사람의 행동을 살펴보는 것이 낫고, 사람의 행동을 살펴보는 것보다 사람의 마음을 헤아려 보는 것이 낫다.'

얼굴보다 말을, 말보다 행동, 행동보다는 마음을 보라는 당부이다.

좋은 마음이 좋은 얼굴을 만든다. 반면 좋은 얼굴을 가지고 있더라도 나쁜 마음을 먹으면 사악한 인상으로 바뀔 것이다. 운명이 바뀐다.

※정겨운 우리의 민속화 (볼만해요)
– http://m.blog.daum.net/yeongho1836/452

삶의 역설(Paradox, 逆說)

날아오르는 연줄을 끊으면 연은 더 높이 날 줄 알았습니다.
그러나 그 연은 땅바닥으로 추락하고 말았습니다.

철조망을 없애면 가축들이 더 자유롭게 살 줄 알았습니다.
그러나 사나운 짐승들에게 잡아먹히고 말았습니다.

관심을 없애면 다툼이 없어질 줄 알았습니다.
그러나 다툼이 없으니 남남이 되고 말았습니다.

간섭을 없애면 편하게 살 줄 알았습니다.
그러나 곧바로 외로움이 뒤쫓아 왔습니다.

바라는 게 없으면 자족할 줄 알았습니다.
그러나 삶에 활력을 주는 열정도 사라지고 말았습니다.

불행을 없애면 행복할 줄 알았습니다.

그러나 무엇이 행복인지를 깨달을 수가 없었습니다.

편안을 추구하면 권태가 오고 편리를 추구하면 나태가 옵니다.

나를 불편하게 하던 것들이 사실은

내게 반드시 있어야 할 것들이었습니다.

오래 사는 것을 선택할 수는 없지만

보람 있게 사는 것은 선택할 수 있습니다.

얼굴의 모양은 선택할 수 없지만 얼굴 표정은 선택할 수 있습니다.

주어지는 환경은 선택할 수 없지만

내 마음과 살아가는 자세는 선택할 수 있습니다.

그러므로 결국 행복도 나의 선택이고 불행도 나의 선택입니다.

사람의 마음이 즐거우면 종일 걸어도 힘들지 않지만,

마음속에 근심이 있으면 불과 십 리만 걸어도 싫증이 납니다.

인생행로도 이와 같습니다. 우리는, 늘, 명랑하고 유쾌한 마음으로 각자

의 인생을 아름답게 만들어갑니다.

인 백 기 천(人 百 己 千)

신라시대 최고의 천재였던 최치원이, 12세에 당나라로 유학을 떠날 때, 아버지가 10년 안에 과거에 급제하지 않으면, 부자의 연을 끊겠다며, 써 준 글귀가 인백기천입니다.

천재라고, 칭송받던 최치원도, 백 번에 안 되면, 천 번을 했는데, 한두 번 해보고, 안 된다고 그만 두면 안 되지요.

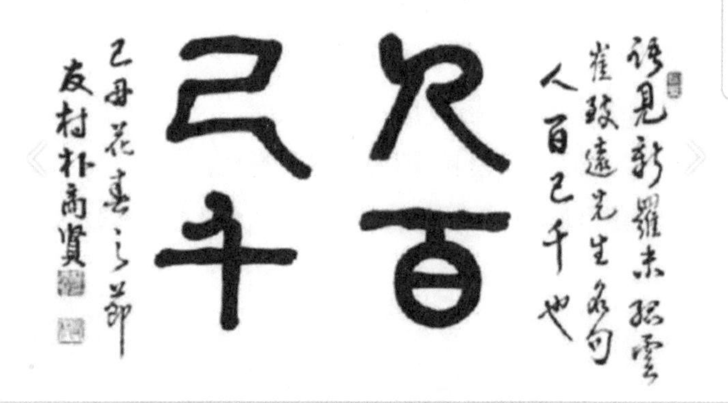

사람을 보는 방법, 첫 번째

1. 성격은 '얼굴'에 나타난다.
2. 생활은 '체형'에 나타난다.
3. 본심은 '행동'에 나타난다.
4. 미의식은 '손톱'에 나타난다.
5. 청결감은 '머리'에 나타난다.
6. 배려는 '먹는 방법'에 나타난다.
7. 마음의 힘은 '목소리'에 나온다.
8. 스트레스는 '피부'에 나타난다.
9. 차분하지 못함은 '다리'에 나타난다.
10. 인간성은 '약자에 대한 태도'에서 나타난다.

사람을 보는 방법, 두 번째

11. 품격은 '사용하는 단어'에 나타난다.
12. 공격성은 '언어의 톤'에서 나타난다.
13. 자존감은 '브랜드의 자랑'에서 나타난다.
14. 여유는 '운전하는 습관'에서 나타난다.
15. 예의는 '편의점의 카운터'에서 나타난다.
16. 수준은 '친구들과의 단톡방'에서 나타난다.
17. 배려는 '술집에서의 대시벨'에서 나타난다.
18. 삶의 태도는 '미소의 빈도'에서 나타난다.
19. 학창시절은 '맞춤법'에서 나타난다.
20. 순수함은 '선입견의 숫자'에서 나타난다.

국민을 위하여 불철주야 노력하는 자랑스런 공무원의 귀감!

권선복
도서출판 행복에너지 대표이사

취업이 힘들어진 요즘, 청년들이 너도나도 공무원 시험을 준비하느라 바쁜 일상이 오는 시대가 되었습니다.

'공무원은 철밥통' 이란 인식이 있기 때문일까요? 그러나 그런 청년들은 알까요? 철밥통을 지키기 이전에 국민을 위해 봉사하는 공무원의 업무가 얼마나 중한지….

만약 안정된 생활만을 목적으로 공무원이 되었다면 결코 행복해질 수 없을 것입니다.

공무원이라면 기본적으로 '국가를 위해, 국민을 위해' 일하는 일꾼으로서의 마음가짐을 가져야 합니다. 그래야만 직장 생활이 신이 나고, 더 열심히 하고 싶어서 안달이 나지 않을까요? 이런 공무원들이 많을 때 비로소 나라가 제대로 돌아간다고 할 수 있을 것입니다.

본서 『김태춘의 보물찾기』의 저자 김태춘은 그러한 공무원의 귀감입니다.

젊은 나이에 공무원이 되어 1981년 7월, 첫 봉급을 받은 이후로 주욱 봉사해 온 저자는 생의 하루하루를 열정적으로 숨 쉬는 공무원으로서 최선을 다해 살았습니다. 25대 1이라는 경쟁률을 뚫고 홍익대학교 상경대학 경영학과에 합격하여 공무원이자 학생으로서 불철주야 노력을 시작으로 다양한 학문을 접하면서 학사, 석사, 박사 학위를 취득하였습니다.

38년 공직에 있는 동안 그는 서울특별시교육청에서 초등학교, 중학교, 고등학교 신설 업무도 맡은바 있으며, 망원동 한강이 넘치는 물난리에 수재민을 구제하였으며, 자랑스러운 수재들이 모인 서울대에서 근무하며 일반 행정, 교무, 학생, 연구, 기획, 대외, 국제교류 등 다양한 경험을 통해 행정전문가로 영글어 갔습니다. 지식경제부(산업통상자원부)에서는 신기술사업화(벤처기업 육성) 업무를 수행하였으며, 국회에서는 국회협력관으로서 설득과 소통의 달인으로 정무적 감각을 익히고 많은 업적을 남기었습니다. 공직 명예퇴직 후에는 건양대학교 교수와 성결대학교 강사(교원)로 후학양성에 기여하고 있습니다.

6.15 남북 공동선언을 맞아 이를 기념하는 탑이 서울대 내 정문 삼거리에 세워진 문제를 두고 학생들과 학교 간의 갈등을 종식한 것도 그입니다. 이는 진심으로 학생들과 소통하고자 했던 그의 열정과 섬김의 리더십의 결과입니다.

저자는 의왕시충청향우회 회장으로서 어려운 시민들을 위해 백미햅쌀 100포를 기증하고, 2018년도부터 의왕시지속가능발전협의회 사회문화분과 위원으로 활동하였으며, 2019년부터는 의왕시 미래위원회 위원으로서 정책 제언을, 2020년부터는 의왕시지속가능발전협의회 도시경제분과 위원과 정책팀장으로도 활동하는 등 정력적으로 삶을 꾸려나가고 있습니다. 2019년도부터 의왕시 내손2동 주민자치위원회 위원 겸 감사이자 의왕시 내손2동체육회 이사 및 자문위원으로도 활약하는 등 그의 지역사회에 대한 봉사는 끝이 없습니다.

한 발 한 발 나아갈 때마다 최선을 다하여 봉사하고 더 나은 삶을 만들기 위해 노력한 김태춘 저자!

그의 이야기를 듣다 보면 그가 얼마나 열심히 살았는지, 그가 돌보아 온 곳에 대한 애정이 얼마나 큰지 알 수 있습니다.

그가 살아온 인생 여정에는 다사다난한 일도 많았지만, 그는 역사와 함께 숨 쉬며 그가 있었던 자리에서 한 사람의 공무원으로서 제 할 일을 다 하였습니다.

본서를 통해 그러한 저자의 인생여정을 독자 여러분들과 나눌 수 있음에 감사를 표하며, 앞으로도 그의 행보가 어떻게 펼쳐질지 사뭇 궁금하지 않을 수 없습니다!

앞으로도 그와 같은 공무원이 대한민국에 많이 나오기를 바라며, 본서를 예비 및 현직 공무원들에게도 적극 추천하는 바입니다.

한 사람의 일생이 모두의 인생에 영향을 끼치는 선순환이 계속되기를 바라며, 춥지만 따듯한 이 겨울에 본서를 발간하며 여러분 모두에게 축복을 기원하겠습니다.

저자님과 독자 여러분 모두 행복하시길 바랍니다. 감사합니다!